Chara

ギャルソンの躾け方

榎田尤利

キャラ文庫

この作品はフィクションです。
実在の人物・団体・事件などにはいっさい関係ありません。

目次

口絵・本文イラスト／宮本佳野

ギャルソンの躾け方

PROLOGUE

男なら、夢は大きく持て。

――三年前に大往生した祖父の口癖である。

大きなお世話だ。

夢は持つこと自体に意義がある。その大小は関係ない。

宇宙飛行士を目指そうが、屋台のたこ焼き屋を目指そうが、漫画家を目指そうがサラリーマンを目指そうが、そこに優劣は存在しない。夢を持てたというだけで、人生は格段に素晴らしくなる。ただそれだけのことだ。

私にはふたつの夢があった。

ひとつはカフェを開くこと。

子供の頃から抱き続けた夢は、成長するに従って具体性を増してきた。

風が通るオープンテラスのある店がいい。

木陰に置かれたテーブルの間を、ネルで淹《い》れた本格コーヒーの香りが流れてゆく。

紅茶の種類も多く揃《そろ》えよう。もちろんすべてポットでサービスする。けちくさい小さなポットではなく、ゆうゆう三杯は楽しんでもらえるサイズが望ましい。

昨今のカフェならば、スイーツは重要なアイテムだ。

季節のフルーツを使ったタルトを置こう。冬ならばたっぷりの林檎《りんご》、春には艶《つや》やかなベリーたち、初夏に映えるのはマスカットの美しいグリーン、秋ならばこってりとしたマロンが欠かせない。甘いものだけでは物足りない人たちのため、軽食類も充実させるべきだ。ピタパンのサンドイッチや、手作りのピクルス。パスタやカレーも出したいところだが、コーヒーの香りを邪魔するのが難点だ。

店内はもちろん屋外席も禁煙にする。煙草《たばこ》を愛する人たちには申し訳ないが、漂う煙をつらいと感じる人も多い。

店員の制服はパリのギャルソンを彷彿《ほうふつ》とさせるボウ・タイにベスト、そして腰から下を覆《おお》うソムリエ・エプロン……いわゆるタブリエを巻いてもらう。彼らはカフェというステージを歩くモデルなのだから、姿勢がよく、笑顔が自然で、しなやかに動ける者だけを雇おう。

居心地のよい、リラックスできる空間。

心と身体を休めたい時に、最初に頭に浮かぶ場所。地元の人々に愛されるカフェ。

それが私の大切な夢だった。

「ご機嫌ですね」

「ああ。ご機嫌だとも」

有藤《ありとう》の問いかけに即答した。

私はダスターを手にして、汚れているわけでもないカウンターを丁寧に拭く。夢が叶ってまだ二週間、新しいカウンターはピカピカだ。清掃は閉店後が基本だが、細かな部分をチェックするため、私は毎朝誰より早く出勤している。

夏の早朝は気持ちがよい。

軽やかな光の中、店舗前を掃き清め、花の水を換え、観葉植物の葉を一枚ずつ拭き、デイリーメニューを黒板に記す——この充実感を言葉にするのは難しい。

「素晴らしい店だ。そう思わないかい、有藤」

「その質問は開店以来七十八回目ですが、答えて差し上げましょう。清潔で、広々して、高級感はあるのにアットホーム。実にいい店ですよ。制服もよくお似合いです。常務……じゃなくて店長が篠宮《しのみや》グループの御曹司《おんぞうし》だとは、誰も思わないでしょうね」

「次に常務と呼んだら罰金を課すぞ」

「気をつけます。……ところで、会長は未だにお怒りだとか」

「らしいね。まあ、放っておけばいい」

夢を叶えるため、私は一年前、篠宮不動産を辞した。

常務取締役の立場にあったのだが、次の人事でいよいよ専務に昇進だと囁《ささや》かれ、これはまずいと踏み切ったのだ。このままでは長年の夢がどんどん遠ざかってしまう。手早く引き継ぎファイルを作成し、速やかに引退——言い方を変えれば、とっとと逃げた。

篠宮不動産の社長であり、グループの会長でもある大伯父の怒りは凄《すさ》まじかったらしい。まさしく怒髪天を衝く勢いだったらしいが、私の関与するところではない。グループを継ぐ気はありませんと、ずいぶん前から伝えてあったのだ。

「会社経営はつまらないよ。私は顧客の喜ぶ顔を直接見たいんだ」

「それよりも、後継者争いに嫌気が差したのでは？」

曲がってもいないボウ・タイを指先で整えながら、片眉だけを上げて見せた。もともと私の秘書だった有藤は、お家騒動の様子もつぶさに見ている。

「まあそれもあるけどね……でも、なによりカフェがやりたかった。夢が叶って、こんなに嬉《うれ》しいことはない」

藤井沢《ふじいさわ》駅前のパチンコ店が潰《つぶ》れ、広い土地が空くと知った時は、小躍りするほど嬉しかった。資金を惜しまずにその土地を手に入れ、プランナーと相談を重ね、半年かけて理想の店を創り上げた。

シンプルに、だが冷たい印象にならないよう、なるべく自然素材を使って仕上げた店内。テーマカラーはアイボリーと赤茶、アクセントカラーにゴールドを少し入れてある。外の光を多く取り込めるよう、窓は大きく取った。カウンター席、テーブル席、そして壁際にはソファ席もある。店の横の小径《こみち》を抜けると、小さいが緑豊かな中庭に出られる。店内のガラス戸を開けて、空間をひと続きにすることも可能だ。

夢のカフェの名前は『ruffle《ラッフル》』。

さざ波、という意味だ。私の名前である漣《れん》にも、同じ意味がある。

ここは私の王国なのだ。

この国では王よりも客が偉い。王は毎日、客のことばかり考えて過ごす。

カップを挟んで静かに語り合う恋人たち。女性グループの華やかな笑い声。ビジネスマンがこっそりケーキをオーダーし、その横でモバイルマシンを打つ……それぞれの憩いの時。

「ところで有藤、例の件だけど……見つかりそうかな？」

有能な右腕に尋ねると、有藤は眼鏡のブリッジを軽く押し上げて難しい顔をした。

「申し訳ありません。昨今、バリスタは少なくないのですが、ネルドリップの名手となると経験がものをいうらしく」

「だろうね。一応私も特訓はしたんだが、やはり一朝一夕に上手《うま》くなるものではない。いいよ、焦らずに探してくれ」

「はい。──ああ、店長、本日最初のお客様です」

ガラスの向こうに、近づいてくる人影があった。

壁の時計は十時五分。十時のオープンから一時間は、私と有藤のふたりで店を回す。有藤はカウンター内に、私は扉のすぐ横の定位置につく。ガラス彫刻の入った扉はあえて自動ドアにはしなかった。開くときの無粋な音があまり好きではないのだ。

「いらっしゃいませ」

扉を開けるのは店長たる私の仕事だ。客の男女を問わず、手が空いている限りはそうやってお迎えする。

俯《うつむ》き加減に入ってきたのが男性なのか女性なのか、一瞬判断がつかなかった。動作からすると男性なのだが、それにしては線が細いし、髪も肩を過ぎている。

「お好きな席へどうぞ」

客の顔が上がった。

男性だ。喉仏《のどぼとけ》がちゃんと出ている。

店内をぐるりと見回し、「フン」と鼻から息を吐く。素足に履いたサンダルをズルズルと引きずるように歩きながら、カウンターの一番端に腰かける。

細い身体……二十五、六だろうか。目を引く男である。

愛想のかけらもない声がカウンター内の有藤に「ブレンド」と言い放った。

「かしこまりました」

おしぼりと水を出し、有藤が静かに返す。私はカウンターの中に入ってコーヒーの準備をしながら、さり気なく新規客を観察した。

蛍光黄緑をベースにした派手なプリントのアロハシャツに、ユーズドと言うよりはボロボロのジーンズ、そしてビニールのサンダル。

ファッションセンスは目を覆わんばかりだし、毛先にいくに従って金茶になっていく長い髪もぼさぼさだ。一見してチンピラめいているのだが、目立つのはそのせいではない。

美しいのだ。

小さな顔に、猫を思わせるやや吊《つ》り気味の大きな目。瞳の色は日本人にしては明るい茶。高すぎない鼻と、百の文句を隠しているかのように尖《とが》らせた口。

中でも首が細いのがいい。

片手で摑《つか》めそうな——容易に折れてしまいそうな。

じっと見つめていると、有藤にわざとらしい咳払《せきばら》いをされてしまった。元秘書は私の好みを熟知している。

客がアロハの胸ポケットから、煙草を取り出す。一本咥《くわ》え、周囲を見回して灰皿を探している様子だ。

「申し訳ございません。店内全席禁煙にさせていただいております」

有藤が言うと、彼は舌打ちして煙草をしまった。カウンターにだらしなく肘《ひじ》をつく行儀の悪さが、私には愛らしく映ってしまう。

手が疼《うず》く。

ぴしゃりとあの肘を叩《たた》き、そんなところに肘をついてはいけないと叱《しか》りたくなる。もっと美しく座りなさいと、背骨を指で辿《たど》りたくなる。……いけないいけない、相手はお客様だ。

胸の内で呟《つぶや》きながら、慎重にドリップしたコーヒーを、白いカップに注いだ。食器の類《たぐい》はすべて白で統一しており、窯元《かまもと》でオリジナルのものを焼かせている。したがってカップや皿を裏返せば、すべてruffleというロゴが入っているのだ。

「おまたせいたしました」

カウンター越しにブレンドコーヒーを出す。もちろん豆は自家焙煎《ばいせん》だし、専門家とさんざん話し合って決めた配合は企業秘密だ。

彼はしばらく湯気の立つコーヒーの表面を見つめていた。

小鼻がヒクヒク動いている。香りを確かめているようだ。

私は内心どきどきしながら、素知らぬ顔で立っていた。この新規客は私のコーヒーを楽しんでくれるだろうか。『ruffle』を気に入ってくれるだろうか。

彼がカップを上げ、ひと口コーヒーを飲む。

カチン、とやや大きな音が響いた。カップはすぐに置かれ、口元は歪《ゆが》んでいる。

やおらに立ち上がり、サイフを出しながら彼が聞いた。私は驚いて、カウンターから出て彼の前に立つ。

「いくら?」

「六百円ですが……なにか不備がございましたか?」

「不備?」

「はい。コーヒーの中に、異物でも混入しておりましたでしょうか？」

「べつに。なんも入ってねえよ」

彼は五百円玉と百円玉を一枚ずつカウンターに置きながら、軽く肩を竦《すく》める。そして長すぎる前髪をかき上げ、私の顔を睨《ね》めつけながらとどめを刺した。

「まずいコーヒー以外は、なんも入ってねえ」

二の句が継げないとはこのことである。

私は絶句したまま、さっさと帰って行く彼を見送るしかなかった。なんということだろう……あの不遜《ふそん》な目、生意気な口調。胸に矢を突き立てられたようだ。

「聞いたかい、有藤」

「ええ店長。まずいコーヒーだと。まあ客観的に見て、特別うまくはないですが、まずいというほどでもないと思うのですが……店長？　聞いてますか？」

「……あんなきれいな顔をして、なんて口をきくんだろう」

「店長。なに嬉しそうな顔をしているんです。コーヒーを貶《けな》されたんですよ？」

「実に行儀の悪い子だった……服の趣味も、立ち居振る舞いもひどいものだ……有藤、彼が誰なのか調べてくれないか？」

私の頼みに、元秘書はあからさまなため息をついてみせる。

「またですか。長続きした例がないくせに」

「しかたないだろう。なかなか運命の相手に巡り会えないんだ。……まあ簡単に巡り会えたら、運命っぽくないしね。べつにいいよ、きみが動いてくれないならば、自分で動くまでだ。それもまた楽しい」

やれやれ、と有藤がいやそうな声を出す。

「誰なのかくらいは調べて差し上げます。そのかわり脈がなさそうだったら、すぐに諦《あきら》めてくださいよ」

「ああ。わかってる」

ちゃんと見分けられる。その自信はあるのだ。

食べて欲しがっている獲物にしか、私は噛《か》みつかない。

強い予感が私を突き動かす。

――彼が私のふたつめの夢かもしれない。

それはカフェを開くより、さらに難しい夢だった。

1

「だんだんとひどくなってくなあ」

ベーカリー榊原《さかきばら》の店主が呟く。

「なんかここベタベタしてるわ。ちょいと、水樹《みずき》ちゃん、カウンターくらいまめに拭きなさいよ。ほら、台布巾《だいぶきん》貸してごらん」

マエダ酒販店のおかみが、ボロボロになったダスターでカウンターを拭き始めた。

「禁煙ばやりのご時世に、こんな煙い喫茶店も珍しいんじゃないのか？　……げほっ」

嫌みのように咳き込んだのは、森《もり》豆腐店の若主人だ。それと同時に店の扉が開き、足を踏み入れかけた男性客が顔をしかめて引き返す。嫌煙家だったのだろう。

「ほら、また客を逃がした。水樹ちゃん、吸いすぎなのよ」

「つか、この店の換気はどうなってんだ？　いくら水樹がヘビースモーカーでも、煙草吸ってるくらいでここまで白くなんないだろ」

「換気扇って、あれだろ？　どれどれ……ゲッ、すごい汚れだぞ、おい。こりゃ換気なんかできるわけねえ」

わざわざ見に行った森が、嫌いな虫でも発見したかのような顔を見せる。

「あんたら、うるせえよ」

今まで黙っていた水樹が口を開いた。

咥え煙草のまま、カウンターの内側から三人を睨《にら》みつける。

「他人《ひと》の店の換気扇の心配するほどヒマなのかよ。それぞれ店があんだろうが」

すると三人は示し合わせたかのように「コーヒー飲んだら帰るってば」と口を揃えた。

水樹はやっと煙草を消し、横目で湯の様子を確認する。コーヒーを淹れる場合、一般的な湯温の目安は九十度前後だ。水樹の場合、選ぶ豆、その日の天候や客に合わせて温度も微調整を行う。同じ仕事でいい日など、一日だってない。

ネルも充分に温まった。水樹は最初に榊原のオーダーであるキリマンジャロを手際よく、かつ丁寧にドリップする。

芳醇《ほうじゅん》な香りが小さな店の中を満たしてゆき、なんだかんだ言いながらほぼ毎日顔を見せる小うるさい常連客たちが、ホゥとため息をついた。

水樹の店では――『石花珈琲店《いしげコーヒーてん》』ではエスプレッソは出さない。

マシンを置いていないから出しようがないし、紅茶も基本的にはメニューにない。ただひたすら、愚直なまでにコーヒーしかないのだ。

無言のまま、キリマンジャロを出す。

続けてマエダのおかみにはブラジル、森にはコロンビアだ。

常連たちはさっきまでのお喋《しゃべ》りが嘘のように、どこかうっとりとした目つきで黒く澄んだ液体を堪能している。そしてカップの中身が半分程度になった頃、口々に感想を宣《のたま》うのだ。

「このキレ……こういうキリマン、他じゃ飲めないんだよなあ」

「水樹ちゃんの淹れるブラジルは、なんでこんなに甘い香りがするのかしらねえ……」

「軽いのにコクがあるコロンビアって、この店で初めて飲んだよ俺」

そうだろう、そうだろう。

顔には出さないものの、水樹はいたく満足した。祖父譲りのネルドリップの腕前には自信がある。この店に戻る以前も、都心の老舗《しにせ》コーヒー店で水樹は重宝されていた。そこのマスターには子供がなく、真剣に水樹に店を継がせたいと言っていたほどだ。

それもいいかなと思っていた。

この店に……この街に、藤井沢に帰るつもりなどなかったからだ。

父が倒れたという連絡を受けた時も、まだ迷っていた。迷いながら、腹を立てていた。ずいぶん都合のいい話じゃないか。今頃になって俺を頼るのか、と。

「なあ、水樹。これだけの腕前があるんだ。もっと真剣に店をやったらどうだ。いいかげんここも古いし、改装するなら、ほら、二丁目のリフォーム屋を紹介するぞ」

豆腐屋の森がカウンターに身を乗り出すようにして言う。

「そうよ水樹ちゃん、もっと店を綺麗にして、お客さんを増やさないと」

「だよな。いっくらコーヒーがうまくても、こう店が古くて汚くて、マスターに愛想がないんじゃ……」

残るふたりも口を揃える。だが水樹は自分よりふた周りほども年上の常連たちのアドバイスを「悪かったな愛想がなくて」と斬って捨てる。

「改装なんかしねえよ。面倒くせえし金もねえ。こんなボロい店、多少いじくってどうなるもんでもねえだろ。潰れるなら潰れちまえばいいんだ」

コーヒーをすべて淹れ終わると同時に咥えた煙草を揺らしながら、不機嫌に言う。マエダのおかみが芝居がかって顔を覆い「あんた、お母さんが聞いたら泣くよ」と嘆いた。

「死んだ人間は嘆かねえよ。死人に口なしって言うだろ」

「水樹、その喩《たと》えはなんか違うぞ」

「うっせえっての。飲んだらとっとと帰れよ。パン屋も酒屋も豆腐屋も、こんなとこで油売ってられるほど儲《もう》かってんのかよ」

やれやれと常連たちは立ち上がる。

「昔はそりゃあ可愛い子だったのにねえ」

「やっと帰ってきたら、頭はまっきんきんになっちまってるしなあ」

「まるでチンピラみたいだもんなあ。病院に入ってる親父さんも、これじゃ気が休まらないだろうよ」

ぶつぶつと文句を言いながら、軋《きし》む扉を開けて去っていく。

最後に出て行ったマエダのおかみが一度振り返り「困ったことがあったら、すぐ連絡しなさいよ」と言い残した。彼女は亡き母の友人だ。水樹は適当に頷《うなず》いてはみせたが「ありがとうございました」を言うことすらしなかった。

静かになった店内で、ひとりため息をつく。

みな水樹を、そしてこの店を心配してくれているのだ。それはわかっている。わかっているが、素直になれない。

『石花珈琲店』は藤井沢駅周辺で、最も古い喫茶店である。

水樹の祖父が創業し、数か月前までは父が店主だった。カウンター七席だけの小さい空間ながらも、代々地元の人々に愛されてきた由緒ある店だ。地元だけではない。祖父の淹れるコーヒーに魅了され、年に数回、遠方から訪ねてくる客もいた。コーヒー通の間では名の知れた店だった――少なくとも、昔は。

煙草を捩《ね》じ消して、水樹はカウンターから出る。

ところどころ崩れた漆喰《しっくい》の壁に、手のひらでそっと触れてみた。冷房をめいっぱい効かせているので、しっとりと冷たい。身体を半回転させ、コーヒーの香りが染みこんだ壁に背中をつけて古ぼけた店内を見つめる。

かつて水樹の幸福はここにあった。

厳格な、だが水樹にだけはめっぽう甘かった祖父の顔。いつも明るかった母の笑顔。無口だった父のきまじめな顔。

そして幸福を失ったのもここだった。

信じていたものをすべて失った場所。

二度と帰るものかと飛び出した、この店と家。

思い出すと胸が苦しくて、それを紛らわせるために水樹はまた煙草を咥えた。吸いすぎなのは百も承知だ。ときどき自分の煙に噎《む》せるくらいである。それでもやめられないのだから、立派な依存症なのだろう。

店と同じく、古いカウベルが鳴る。

いらっしゃいませを言うのも怠《だる》い。水樹は壁に寄りかかったまま、顔だけを客に向けた。嫌煙家ならばどうせすぐに回れ右だ。

「こんにちは」

甘いバリトンに聞き覚えがあった。

客は背の高い男性で、年の頃は三十代後半。開襟シャツに麻の軽いジャケットを品良く着こなしている。微笑を浮かべた甘いマスクはさぞ女受けすることだろう。

「……いらっしゃいませ。どうぞ」

いつまでもにこにこと突っ立ったままでいられ、水樹は仕方なく椅子《いす》を示す。

自分はそのままカウンターの内側に回り、水あかの取れきっていないグラスにぬるい水を注いで出した。その間ずっと、誰だっけ、どこかで見たヤツだと考え続けるが答えは出ない。

「ご注文は」

「ブレンド。それから……カスタードプリンはありますか？」

「は？　プリンなんかないスよ、ウチは」

「そう。昔はあったんだけど」

「ああ、お袋がいた頃ね」

ずいぶん昔の話だ。

水樹の母がこの店を手伝っていた頃は、手作りのプリンやアイスクリームも出していた。子供にももちろん人気だったが、いい年をした男たちにも密《ひそ》かな愛好家が多くいた。こっくりとしたカスタードの風味……もちろん水樹も好物だった。

「お母様は、もうお店には出られないのですか？」

「俺が十の時に死んだから」

「それは……申し訳ありませんでした」

「べつにいいさ。あんたが殺したわけじゃないだろ？　で？」

「え？」

「ブレンドだけでもいいの？」

ええ、と男はまた笑う。

この笑顔、絶対どこかで見たはずだ。思い出せない気持ち悪さの中でお湯を沸かす水樹を、男は静かに見つめている。

不躾《ぶしつけ》というほどの視線ではない。

母譲りの女顔は目立つらしく、他人から注視されることに水樹は比較的慣れている。特にカウンターの中にいるときは、客の視線などいちいち気にしていられない。以前勤めていた店でも、女性客の多くは水樹の一挙一動を見つめていた。カフェの制服に身を包んだ水樹は、いわば看板ギャルソンだったのだ。その視線はむしろ水樹にとって心地いい刺激ですらあり、繊細なネルドリップの作業に支障をきたすということもなかった。

なのに……この男の視線に晒《さら》されるのは、どうにも落ち着かない。

チクチク刺さるというよりは、肌の産毛に吐息をかけられているような……小さな震えを誘う目線。

皮膚の、さらにもう一枚下を覗《のぞ》かれているような気分になる。

でなければ、髪をかき分けて日に晒されていない頭皮を見られるような。あるいは背骨に沿った窪《くぼ》みを、指先でごく軽く辿られるような——。

最初のうちは無視していた水樹だが、やがて我慢は限界を迎えた。

「……あんま、ジロジロ見ないでくんない？」

「これは失礼」

　失礼と言いながら、視線は相変わらず水樹の顔だ。やりにくい客だなと思いながら、自家焙煎の特製ブレンドを挽《ひ》く。

「ずいぶん、冷房を効かせてますね」

「俺は暑がりなの」

「女性のお客様は寒がるのでは」

「そういう女は帰ってもらって結構。ここは俺の店なんだから、俺が好きなようにする。あんたも寒けりゃ帰っていいんだぜ」

　ぞんざいに言ったのに、客はうっすら笑ったまま「いいえ」と答える。そればかりか、

「もう少し、伺ってもいいですか」

　と会話を続けたがった。妙な男だ。

「なに」

「三か月前にこの店の前を通ったときには、閉店していたのですが」

「親父が卒中で倒れたからな。俺が戻るまで店を休んでたんだ」

「それは大変でしたね。お父様の容態は？」

「生きてる。と思う」

「思う？」

「病院にはずっと行ってねえから。けどまあ、死んだら連絡が入るだろうから……生きてるんじゃないの」

水樹はネルを水から引き上げながら素っ気なく答えた。ネルは乾かしてはならない。引き上げたら流水で洗い、たっぷりの湯で余熱したあとに固く絞る。ペーパードリップより手間はかかるが、豆の個性をクリアに引き出そうと思ったら、ネルドリップは最も適した手法である。

ふと、父がネルを準備する姿を思い出す。

元気だった頃の父――祖父はダイナミックな味のコーヒーを淹れる人だった。そして父は繊細な味を得意としていた。

病院には一度行ったきりだ。倒れたと聞いた直後だった。

手術は成功したものの、まだ父の頭部には管《ドレーン》が通され、意識はほとんどなかった。その時点で後遺症の可能性を医師から説明され、水樹は思った。

ざまを見ろ、バチが当たったのだ――と。

頭を軽く振って、雑念を振り払う。ドリップに集中しなければならない時に、父のむくんだ顔など邪魔なだけだ。客は水樹の親不孝な発言に呆《あき》れたのか、なにも言わなくなっていた。

沸かした湯を、ドリップポットに移す。

すでにいい香りを漂わせている粉をネルの中で平らにならし、そこへお湯をそっと載せる。注ぐのではない。載せるのだ。

粉が湯を孕《はら》んで、表面がふっくらと丸みを帯びる。

この蒸らしによってコーヒーの中に湯の通り道ができる。膨らんだコーヒーの表面を観察しながら、充分に蒸らしたところで今度は本格的な注湯に入った。

一連の水樹の動きを、男はじっと見つめていた。顔ではなく手元を見つめられていたので、今度はそれほど気にならなかった。

立ち上る、圧倒的なアロマ。

興奮と沈静の両効果を併せ持つ、魅惑の黒い液体。

「……ブレンド」

おまちどおさま、はつけずにカップを差し出す。『石花珈琲店』にふたつと同じカップはない。伊万里《いまり》、有田《ありた》、萩《はぎ》に九谷《くたに》……すべて母が少しずつ揃えたものたちだ。

男が静かにカップを上げる。

つい見とれてしまうほどの姿勢の良さで、口元までカップを運び、まずは香りを確かめている様子だ。音のない吐息がひとつ。そしてカップの縁に唇をつける。刹那《せつな》、ちらりと上目遣いになった視線とかち合ってしまい、水樹はやや慌てた。自分があまりに熱心に、この客を見ているこ とに気づいてしまったからだ。

「――素晴らしい」

しばらくおいて、男が言う。

「コーヒーから音楽が聞こえる」

瞼《まぶた》を閉じて、夢見るように言った。そんな言葉で誉《ほ》められたのは初めてだったので、水樹はやや面食らってしまった。

「音楽？」

「ええ。私の身体の中で美しい和音が響きました。これほど見事なコーヒーを飲んだのは久しぶりです」

「そりゃよかったな」

内心ではガッツポーズを、外面ではなんでもなさそうなポーズをつけて水樹は答える。あたりまえだ、俺様のネルドリップは東京でも屈指と言われたんだから——満足感が湧き上がると同時に緊張が緩んで煙草が欲しくなってしまったが、あいにく箱の中身は空だ。

「実に私好みの味わいになっています。もちろんブレンドですから、万人向けにバランスのよい配合なのでしょうが……いくらかシャープな仕上がりですね」

「そういうふうに仕上げてんだよ」

「そういうふうにとは？　豆の配合を変えているわけはないでしょう？」

「ドリップの加減である程度変えられる。ペーパーフィルターじゃ難しいだろうけどな」

「つまり、ソフトにもシャープにも味のディテールを調整できるということですか？」

「そ」

驚きました、と呟きながら男がコーヒーを見つめる。

端整な顔にジェントルな佇《たたず》まいは、このままコーヒーのＣＭに起用できそうだ。最高級ブレンド、ご贈答にどうぞ――といったところだろう。

「しかし」

男が顔を上げて不思議そうに水樹を見る。

「不思議です。私がシャープな味わいを好むことは、なぜわかったんですか？　人の好みは千差万別でしょう？」

「なんとなく、わかるんだよ」

「なんとなく、ですか」

「口で説明できねえけど……たとえば今日はすごく暑いだろ？　なのにあんたはアイスコーヒーを頼まないでブレンドを頼む。つまり結構なコーヒー好きだ。着てるものもかっちりしてて、鬚《ひげ》もきれいに剃ってあるし、髪も整ってる。わりと神経質なほう。でもそれを他人に気取られるのは好きじゃなくて物腰は柔らかい。そういうタイプは、たぶんピシリと芯《しん》の通ったシャープな味が好きだろうなって、勝手に想像しただけ」

「想像――」

「常連の好みなら把握してるけどな。それでも体調が悪そうならソフトに淹れるし、精神的に落ち込んでる様子だったら、シャッキリした味に仕上げたり――いろいろだよ」

「素晴らしい。神業です」

「……大袈裟《おおげさ》だな」

「大袈裟ではないですよ。技術は研鑽《けんさん》によってある程度向上するでしょうが、感性ばかりは天賦のものです。きみはまさしくコーヒーの申し子といえると思います」

「ハ」

水樹は短く笑って、使い終わったネルを丁寧に洗う。店は汚いがコーヒーに関する道具は清潔を保っている。すべてを投げやりにできない自分に苛《いら》だたしさを感じながら、それでもコーヒーだけには手を抜けない。

──お客さんをよく見るんだよ。

そう教えてくれたのは祖父だった。

──観察するんだ。そして想像する。ほら、あの女の人はとても疲れている。優しい味のコーヒーを淹れてあげなくちゃならない。けれどケーキを一緒に頼んだら、それなりに強い味にしてもいい……。

なにしろ物心ついた頃からコーヒーに囲まれた生活だった。

誰に教わったわけでもないのに、小学校に入る年には豆の匂いだけで種類の判別がついた水樹である。

──いい鼻と舌を持ってるな水樹。おまえは間違いなく、立派な三代目になる。

祖父の優しい笑顔が今も瞼に張りついている。この小さな『石花珈琲店』を、業界内で屈指の名店に育てた人。水樹を猫可愛がりしてくれた祖父。

祖父にだけは、申し訳ないと思う。

水樹はたったの二か月で『石花珈琲店』を、薄暗く、ヤニだらけで、ほとんど客も来ない店にしてしまったのだ。

レジ横に置いてあったカートンから新しい煙草を引きずり出す。リスクとマナーについてうるさくなったパッケージを開け、咥えて火を点《つ》ける。煙がないと落ち着かないのだ。

「……ここは禁煙ではないのですね」

コーヒーを飲み終えた男が言う。

「ああ。死んでも禁煙にするつもりなんかないね。煙いのがイヤだってヤツは駅前に新しくできたラ……ラ……ラッセル？　とかって店にでも行きゃいい」

「『ruffle』のことですか？」

「そうそう、それ。よくわかんねえ店名つけやがって、シャレたつもりなんだろうけど覚えられねえっつーの。ま、店は明るくてきれいで場所も便利だ。メニューもドリンクも軽食もスイーツも揃ってる。けどな、肝心のコーヒーがどうにも」

「美味《おい》しくないんですか？」

フゥと煙を吐き出しながら、水樹は意地の悪い笑みを浮かべた。

「素人が頑張ってネルに挑戦してみましたって程度の味だよ。エスプレッソマシンの最新型があんだから、そっち専門にすりゃあいいのに」

「実はそれも考えたのですが」

　思案気な口調で男が言う。

　その意味がよくわからなくて、水樹は小さく首を傾《かし》げた。

「ネルはどうしても外したくなかったんです。私自身、ペーパーやエスプレッソよりネルドリップのほうが好きなものですから」

　サラリと言った男の顔をまじまじと見て、ようやく気がつく。あいつだ。あのまずいコーヒーを淹れた本人ではないか。

「あっ……」

「しかし、このコーヒーを飲んで自分の経験不足が身に沁みましたよ。——申し遅れました。私は篠宮漣と申します。お会いするのは二度目ですね。『ruffle』のオーナー店長をしています」

「あんたが店長？　店長があの程度の腕前なのかよ？　俺はてっきりリストラでもされたオッサンが早番のバイトに入ってんのかと思ったぜ」

　名刺を受け取りながらはっきり言ってやった。この男にこびへつらう必要もない。

「お恥ずかしい限りです。なにしろ一年前までは会社勤めでしたので」

「脱サラにしちゃ、でけー店を構えたじゃん」

「ええ。資金だけは潤沢なのです」

にっこりと肯定されてしまった。優雅なご身分だぜ、と水樹は内心で毒づく。

「お名前を伺っても？」

「俺？　石花だよ。石花水樹。この狭くて汚ねえ店の三代目だ。……もっとも長くは続かねえだろうけどな」

「なぜですか？」

「なぜって言われてもなあ」

乾いた笑いとともに、シンクに灰を落とす。

「俺の肩で閑古鳥が鳴いてんの見えね？　毎日常連が数人来るだけじゃ商売になんねえよ。このあたりもチェーン系のお手軽カフェが出店しちまったからな。親父がやってた頃から、カツカツだったんだ。テナントだったらとっくの昔に潰れてら」

「打開策は？」

「なんも。こんな店、潰れても構わねえし」

男は改めてぐるりと店内を見回した。隅々までじっくりと観察し「もったいないですね。由緒正しい店なのに」と小さく呟く。視線は最終的に水樹の顔に辿り着いた。

「ですが経営者であるあなたがそう決めているのならば仕方ありません。……ならば水樹さん、いっそ早い時点でここを畳んでうちにいらっしゃいませんか」

「あんたのとこ？」

「ええ。『ruffle』に。あなたほどの腕前があれば優遇させていただきます」

「悪ィけど、人に使われる気はねえよ」

「では共同経営はいかがですか」

篠宮はなかなかしつこかった。

「この店もこのまま残すんです。味は確かなのですから、改装してきれいにすれば、またお客様もいらっしゃいますよ。その代わり、あなたは指導員として『ruffle』にも――」

途中で言葉が止まったのは、電話がけたたましく鳴り響いたからだ。今では珍しい黒電話の重い受話器を上げると、いきなり高圧的な声が水樹の耳に飛び込んできた。

『困るんだよなあ、石花さァん！　約束の期日、もう過ぎてんだけど？』

おっと、まずい電話を取っちまった……そう後悔したが遅い。黒電話にナンバーディスプレイがあるはずもない。

「あの、どちらさまでしょ……」

『あーもう、惚《とぼ》けんなよォ。こちらはねー、ラッコローンですよー。あなたがどうしても困っているからと仰《おっしゃ》るので、お金をお貸ししたラッコローンでございますっての！』

若い男がキンキン声で怒鳴る。

思わず受話器を遠ざけたが、篠宮と目があって慌てて耳に戻す。

「すみませんが、今接客中ですので」

『知るかよ！　とにかく速攻で利息分入れろや！　いいか、今日中に入金なかったら、オレとアニキで直接取りにいくかんな。逃げやがったら、店ごと叩き壊すぞ！』

「ちょ、待ってください。今日中は無理です。い……一週間待ってくれれば必ず」

『一週間だとォ？　舐《な》めてんのかコラ！』

耳が痛い。鼓膜が破れそうだ。

『てめえ、いい加減にしとけー？　いいか、今度が最後だぞ。うちの社長は優しいから、一週間待ってやる。夜逃げなんかしやがったら、地の果てまで追い込みかけるからな！』

「わか……」

りました、と言う前にブツンと通話が切れる。水樹の血管もブツンと切れそうだった。

「——まともな業者ではなさそうですね。早く精算してしまったほうがいい」

カチリと固い音がした。篠宮がカップをやっとソーサーに戻したのだ。盗み聞きなんかしやがって……と思いかけたが、べつにその気がなくてもじゅうぶん聞き取れてしまう音量だったのだろう。

「わかってんだよ、んなことは」

水樹だって、好きであんな連中から借りるはずもない。まともな消費者金融が相手にしてくれなかったからこそ、ラッコローンを頼る羽目になったのだ。

看板についていたラッコのアイコンが可愛かったというだけで選んだら、とんでもない金貸しだった。

「経営が苦しいのですか？」

「……店のために金なんか借りるかよ。ちょっとお馬さんで遊んじまっただけ」

「賭《か》け事は借金をしてまですることではないでしょう。いつか身を滅ぼしますよ」

したり顔で諭され、イラッとする。水樹は昔から、説教とカボチャの甘く煮たのが大嫌いなのだ。

「あんたには関係ねえだろ」

「きみには才能があるのに、もったいないです。きっとお父様も心配なさって……」

「あーもう、うぜえなあ！」

バンッとカウンターを叩く。

叩いた直後、イテテと後悔したが顔には出さない。

「あんたただの客だろうが。俺のすることに口出ししてんじゃねーよっ」

「店主にとって、客とは最も大切な存在のはずですが」

「ハア？　俺は客なんかどーでもいいの！　この店も、親父のこともどーでもいいの！　それよか金の心配しなきゃなんねえんだよっ。このままじゃ、怖いにーちゃんに乗り込まれちまうからな！」

「お力になりましょうか?」

「……は?」

「私でよろしければ、ご用立ていたします」

水樹はただですら大きな目をさらに剝《む》いて、篠宮を見つめた。

「なに? あんたが俺に金貸してくれるっての?」

「ええ。利息は必要ありません」

バカか、と思った。

しかもずいぶんと失礼なバカだ。いくら水樹がせっぱ詰まっているからといって、今日初めて来た客に、しかも商売敵でもある相手に、金を借りるはずがないではないか。ずいぶん見くびられたものだと、乾いた笑いが零《こぼ》れてしまう。

「は……はは。ありがたい申し出だけど、お断りだね」

「遠慮はいりません。これもなにかの縁です」

「いいっての。コーヒー代はいいから、もう帰ってくれ」

「あれほどのコーヒーを只《ただ》でいただくわけにはいきません。お支払いします。それに、困っているきみを放っては帰れませんよ」

「あのなあ……」

水樹はゆらりとカウンターを出た。

怒りと脱力が混ざり合うと、結果として自棄《やけ》な気分が生まれるらしい。そのまま篠宮の眼前に立ち、自分より十センチは高い位置にある目を見つめ、にやりと笑う。ちょっとからかってやろうと思ったのだ。

「俺はあんたから金を借りるつもりは、これっぽっちもねえ。……けど、あんたなら金回りのいいヤツをいっぱい知っていそうだな?」

「どういう意味です?」

間近にある篠宮の顔はいたって落ち着いていた。この表情がいつまで持つかなと思いながら、水樹はわざとはすっぱな声を出す。

「あんたみたいな紳士ヅラしてるヤツの知り合いだって、中にはエロオヤジもいんだろ? 紹介してくれよ。言っとくけど女はだめだぜ。ババアでも若いのでも、女はダメ。俺ってさ、そっちのヒトなわけよ」

「ゲイだという意味ですか?」

微《かす》かに篠宮の表情が曇った。

思っていたほどの大変化は望めなかったが、まあこんなものだろう。

水樹がゲイだというのは本当だ。思春期に自覚し、悩んだ時期もあったが、今ではすっかり開き直っている。自ら公言はしないが、問われればありのままを答えられる。以前勤めていた店のマスターも薄々は気づいていたようだ。

「そ。俺は男が好きな男なの」

新しい煙草を咥え、篠宮に流し目をくれてやった。ストレートの男ならば思い切り引くような、含みのある視線だ。これでさっさと店から立ち去るに違いない。

「おまけにケツも軽くてね。一晩で万単位が稼げるんなら、腹の出たオヤジの相手くらいどうってこたねえわけ」

この部分に関しては嘘である。

二十歳前後はかなり遊んだ水樹だが、自分の身体に値段をつけたことはない。そこまで生活に窮した経験もないし、今だって腹の出たオヤジにやられるくらいなら、ガテン系バイトで汗を流す。

「どうよ、篠宮さん。紹介して……おい」

火を点けたばかりの煙草を、あれよという間に取り上げられた。篠宮は慣れた手つきでそれをふかし、煙を吐く。その間も視線は水樹にあてられたままだ。

「軽い煙草ですね」

口元だけを引き上げながら、まだ長い煙草を灰皿で捩じ消す。目は笑っていない。

「悪かったな。あんた、喫煙者なのかよ」

「ときどきね。厳密には、セックスのあとだけは吸いますよ」

「セ……」

「よろしい。私がきみを買いましょう」

水樹は自分の耳を疑った。

買う？

誰が、何を？

「寝ろとはいいません。少しだけ、私の言うことをきけばいい。時間もそう取らせませんが、念のため三十分くらいお店を閉めましょうか」

「そ……で、でも、この時間帯は常連が何人か……」

「おや。怖くなりましたか、水樹くん」

「違っ」

「ならばクローズの札をお出しなさい」

「て、てめえに命令される筋合いはないぞっ」

「ひどい言葉遣いだ」

ふわりと篠宮の手が上がり、人差し指と中指が水樹の唇にあてられる。

ごく、軽くだ。

触れるか触れないかというほどに軽く――なのに水樹は動けない。

篠宮が近づく。

それこそ抱き合いそうな距離だが、身体は触れていない。

触れていないのに、ビリビリ感じる。

篠宮の存在を——感じる。

危ないぞと自分の中で声がした。

なにが、とやはり自分が問うた。だが答えはない。

「きみには少し、躾が必要なようですね」

篠宮の声が耳の産毛を揺らす。

やめろ、近づくな、馬鹿野郎……さまざまな拒絶の言葉は頭の中をぐるぐる回るのに、とうとう口から出てはくれなかった。

2

篠宮は毎日『石花珈琲店』を訪れるようになった。

『ruffle』の休憩時間を利用して、足繁く通ってくるのだ。時間帯によっては常連客たちとかち合うこともある。マエダ酒販のおかみなどはすっかりあの甘いマスクに騙《だま》され、仲間と連れだって『ruffle』のランチへ赴いたりもしているらしい。優しくてハンサムな紳士だと、みな口を揃えて誉めそやしているそうだ。

なにが紳士だよ――篠宮の正体を知る水樹としてはへそが茶を沸かすといった気分だ。

だが不思議なことに、物静かにコーヒーを楽しんでいるだけの篠宮は、確かに折り目正しい紳士にしか見えない。店の中で水樹とふたりきりでも、ただコーヒーを飲み、短い会話をいくつか交わし、最後に「とても美味しかったです」と微笑《ほほえ》んで帰って行く。

……あんなことをしたくせに。

思い出すにつけ、全身がカッと熱くなる。

そして混乱する。わけがわからなくなる。

あの日――篠宮が最初に『石花珈琲店』を訪れた日、水樹は売り言葉に買い言葉でクローズの札を店の外にかけた。

すると篠宮は「シンクを借りますよ」と告げ、水樹の許可を待たずにカウンターの中に入った。消毒石鹸《せっけん》で丁寧に手を洗い、再びカウンターから出る。そしていたってジェントルな表情のまま、状況がよく飲み込めない水樹をカウンター椅子に腰かけさせた。

「あ、あんたいったい」

「しー。黙って」

微笑みながら見下ろされ、水樹は思わず逃げ出したくなった。作り笑いではない。篠宮は本当に楽しそうで、それがとても恐ろしかったのだ。

「そんな顔しないで。きみを殴ろうっていうんじゃないんだから」

指先が頬を辿る。

身体の関節が凍りついてしまったかのように、水樹は動けない。強すぎる冷房が肌を冷やし、なのに額は燃えるように熱かった。

「水樹」

呼び捨てられ、心臓が高鳴る。

ふざけんな、と立ち上がっていいはずなのに、どうしてもそれができない。

金が欲しいからではなかった。もともと勢いで言っただけなのに……どうしてこんなことになっているのだろうか。

「口を開けて」

篠宮が言う。言うというより……命ずる。

「や……」

「きみはいやだと言ってはいけない。いやがる素振りを見せてもいけない。私はきみを買ったんだから仕方ないでしょう？」

仕方ない——そうだ、仕方ないのだ。水樹は自分の中に言い訳を見つける。ただの勢いだろうと、出した言葉は戻らない。責任を取らなければならない。

「さあ、口を。怖くないから」

水樹はおずおずと、僅《わず》かばかり口を開いた。

篠宮の指先が、まず下唇に触れる。

それから水樹の前歯を押し上げるようにして、より大きく口を開けさせた。

「ぐ……っ」

いっぺんに、二本の指が入り込んでくる。舌を押され、苦しくてえずきそうになった。

「噛んではいけないよ」

「……っ……」

「身体を動かさないで。息は鼻で自然にすればいい……そう」

「う……」

「私の指を舐めなさい。丁寧に」

どうして？　なぜ俺がおまえの指を舐めなきゃならないんだ。

浮かぶ疑問と敵意を目に表すと、篠宮がもう一度「仕方ないだろう？」と言う。

……ああそうか、仕方ないのだ。

顎《あご》に力を入れ、指を噛むこともできるはずだ。たいがいにしろと突き飛ばすことだって可能だろう。だが水樹はそうしない。してはならない。

だってこれは仕方ないことなのだから。

「ん…ふ……」

節の高い指に舌を絡める。

音楽すらかかっていない店内に、ぴちゃぴちゃと音が響く。自分の口の中から生じている水音に戸惑いながら、水樹の身体は少しずつ熱を持っていく。

「目を閉じなさい」

素直に従った。

いっそそのほうが、水樹も楽だった――もうなにも考えないほうが。

「一本ずつ、丁寧に……そう、上手だ。いい子だね水樹」

犬でも誉めるかのような言葉を、少し嬉しく感じている自分に驚く。どうして喜ばなきゃいけないんだよと自らに問いかけながら、無意識のうちに舌はいっそう熱心に働いていた。

「歯があたると痛い。もっと口を開けて」

「あ……ぐ……」

言われたとおりにする。

閉じられない口から唾液《だえき》が溢《あふ》れ、顎を伝って胸まで達した。鎖骨に沿って流れる自分の唾液に官能を刺激され、水樹は小さく震える。おかしいぞ、と理性が囁く。

たかが男の指をしゃぶっているだけで、次第に興奮していくなんて、おかしい。

やがて指は一本に減らされた。

今度は篠宮の意志で動き始める。

時折軽く舌を押され、口蓋《こうがい》を擽《くすぐ》られる。あるいは歯茎をそろりと撫《な》でられ、まるで口腔《こうこう》内を愛撫《あいぶ》されているようだった。

「口の中というのは、とてもエロティックだね」

篠宮の声は淡々としていた。興奮するどころか、ふだんよりいくぶん冷たい口調だったかもしれない。

「こんなに濡《ぬ》れて、柔らかく、弾力があって、内臓に通じている。きみの他の部分まで想像できるよ……隠された、粘膜の場所だ」

ヒクッと反応してしまい、篠宮が声もなく笑った。

「心配しなくても、こんな場所でそこを見せろだの触らせろだのとは言わない。でも、口の中だけでは少し物足りないね……私はきみの筋肉も知りたい」

やっと指が抜かれ、水樹は目を開けた。はあはあと、まるで走ったあとのように息が乱れる。やはり酸素が足りなかったのだろうか、頭の中が霞んでぼんやりしていた。

「襟《えり》をもっと開けて」

篠宮の言葉を理解するのに、ふだんより時間が必要だった。

「水樹。シャツのボタンをあとふたつ外して、襟をもっと開けなさい」

まるで魔法にかけられてしまったかのように、水樹の手は篠宮の命令どおりに動く。シャツのボタンをふたつ開け、両手を使って襟をぐいと広げた。

篠宮の指が、首筋から肩を辿る。

甘い吐息が漏れるのを、水樹は止められなかった。ただ触られているだけなのに、身体がどんどん昂《たかぶ》っていくのだ。

「ここを、噛むよ」

肩に近い首筋で指が止まり、篠宮が言った。

「少し痛いかもしれない。でも動いてはいけない」

「……痛いの、は……」

痛いのはいやだ。怖い。

「仕方ないだろう水樹。少しだけ、我慢しなさい」

「あ……」

怯《おび》える水樹に、篠宮が屈んで顔を近づける。

品のいい紳士の瞳——黒い、漆黒の深淵《しんえん》に見え隠れする欲望のするどい棘《とげ》。

その棘が、水樹の胸に刺さる。

棘は水樹の体内で、水樹の血を吸って成長する。心臓を貫き、背中の皮膚を破り、甘い痛みに串刺《くしざ》しにされる。

「水樹」

篠宮の手に後頭部を支えられ、自然と顔が仰向いてしまう。

ゆっくりと唇が喉仏にあてられ、それから首筋へと滑っていく。水樹は震える手で、篠宮の背中のシャツを摑んだ。

そして目を閉じたのだ。

——今でも、痣《あざ》と歯形がくっきり残っている。服を着ていればぎりぎり隠れる位置……篠宮はすべて計算ずくだったのだろう。

指を舐めさせ、首筋を嚙む。

それ以上のことはなかった。想像以上の強さで嚙まれ、涙を滲《にじ》ませている水樹に十枚の一万円札が出され「足りなければあとでまた持ってきますが」と言われた。

絶対に受け取りたくないと思った。受け取ってはいけない気がした。おかしなものだ。金のためもあって我慢していたはずなのに。

頑《かたく》なに拒む水樹に篠宮は苦笑した。

「べつにきみを買ったつもりになっているわけではありませんよ。ただ同業者として、困っているならば、いくばくかの助けをしたいというだけです、利息くらいは入れておかないとまずいでしょう?」

「それでも、いらない」

「頑固な人ですね。……いいでしょう。では、こうします。これはいつでも貸せるお金です。必要ならば『ruffle』にいらっしゃい。自慢のランチもごちそうしますよ。それくらいの好意は受け取ってくれますね?」

少し迷い、だが水樹は頷いた。なにもかも拒絶するのは、子供っぽい気がしたのだ。

「では、失礼します。……首筋は、冷やすと楽になりますから」

無言で睨みつけてやったのに、篠宮はどこか楽しげな顔を見せて帰って行った。去り際のカウベルが、いつもとは違った音色に聞こえた。

あれから数日が経過している。

ほとんど毎日顔は見ているものの、お互い身体には一切触れていない。篠宮はいつも釣りの必要のない額をカウンターに置くので、指にすら触れることはない。

あの日の一件は、なかったことになっているのか。単なる篠宮の気まぐれ……意地悪な遊びだったのだろうか。

それならそれで構わないが、一方的に弄《もてあそ》ばれたようで悔しい。水樹の首筋にくっきりと歯形をつけておきながら、涼しい顔でコーヒーを飲みに来る篠宮が憎らしかった。

それればかりか、未だに篠宮は折に触れて「共同経営の件、考えてくれましたか？」などと問うのだ。水樹と仕事をしたい気持ちに変わりはないらしい。なにを考えているのか、さっぱりわからない。

月に二度の水曜日は『石花珈琲店』の定休日である。

仕事が休みだと水樹は暇を持て余してしまう。住まいは店の二階だが、テレビを見ていてもすぐに飽きてしまうし、遊びに行くにも金がない。おまけに今日は真夏日だというのに古いクーラーは故障中で、じっとしているだけでも汗だくになる始末だ。

「くそっ」

商店街のうちわでバタバタと煽《あお》ぎながら、バミューダパンツ一枚というだらしない姿で水樹は煙草を探した。散らかった和室をひっかきまわすが、目的物は見つからない。どうやら最後の一本だったらしい。山盛りになった灰皿を引き寄せ、まだ吸えそうな吸い殻はないかと探したが、ぎりぎりまで吸う癖がついてしまったのか、どれもこれも短すぎた。

投げやりな気分で、ごろりと寝転ぶ。

金はない。煙草もない。そして空腹だった。もはや日々の食費にも窮する生活なのだ。

篠宮の言葉を思い出す。

――自慢のランチをごちそうしますよ。

誰が行くか、と思った。

篠宮となれ合う気はない。この十日は、去年の中元で来たらしきそうめんや、マエダのおかみがときどき持ってきてくれる総菜でしのいでいた。だがそれらの食材も、もうすぐ尽きようとしている。

腹が減ると、腹が立つ。

あの男に文句のひとつも言ってやりたい気になる。あの日はよくも好き勝手してくれたな。男に指をしゃぶらせて喜ぶなんて、あんた変態なんじゃねえの――店の中でそう問い詰めてやったらどんな顔を見せるだろうか。今ならちょうどランチの時間帯だから、客も従業員も多いはずだ。

「へへ。ざまーみろだ」

水樹はやおら起き上がり、畳の跡がついた頰《ほお》をぽりぽりとかいた。

そして、洗濯だけはしたものの、取り込んだまま畳んでもいない真っ黄色のTシャツをひっつかんで被《かぶ》る。バミューダパンツは紫ベースのチェックなので、もの凄《すご》い配色になるが気にしない。

髪があまりに跳ねていたのでキャップを被り、サンダルをつっかけて家を出た。

『石花珈琲店』は駅の南口側、『ruffle』は北口側、徒歩だと七、八分程度の距離である。

汗を拭《ぬぐ》いながら水樹は歩く。

藤井沢商店街には子供連れの母親が多く歩いていた。そうか、夏休みに入ったのかと水樹は気がつく。まだ小学校に入ったばかりであろう男の子が、さかんに「プールに行きたい」と母親にねだっている。もうひとり赤ん坊を抱っこしている母親は、疲れた声で「お父さんに頼みなさい」と繰り返す。

水玉模様のスカートがふわりと広がり、水樹は唐突に亡くなった母を思い出した。母もあんなスカートを持っていた気がする。

ずっと、ずっと昔の……夏。

――お母さんが退院したら。

ベッドで母は言った。

――水樹と一緒にプールに行こうね。流れるプール、行きたいでしょ？

笑っていた母。

――お父さんはお店があるから、お母さんが、水樹を連れて行ってあげる。プールじゃなくて、海もいいね。入道雲がもくもく出ている海もいいね。

どっちでもいい、と水樹は答えた。

お母さんと行けるならどっちでもいい。本当はどっちもいかなくてもいい。ただお母さんが家に帰ってきてくれればそれでいい。

もしかしたら、母はこのまま死んでしまうのではないだろうか……まだ十だった水樹がそう思うほど、母の顔色は悪く、驚くほど急激に瘦《や》せていったのだ。

水樹の悪い予感は当たった。

母はその夏、自宅に帰れないまま病院で亡くなったのだ。

以来、『石花珈琲店』からカスタードプリンのメニューは消えた。常連たちはみな、母の訃報に涙してくれた。ことに母のプリンを愛してくれた人たちは、カウンターにほろほろと涙を零し、早すぎる死を悼んでくれた。

母の死後、店は父と、アルバイトで入っていた小嶋《こじま》という青年で続けられた。

さらに八年後、水樹は高校の卒業式と同時に黙って家を出た。捜索願など出されては迷惑なので、一週間後に手紙を出した。ちゃんとやってるから、心配するなと。

ジリジリと、アスファルトが熱を放出している。

商店街を抜け、駅の高架下をくぐって、北口に出る。バスターミナルを迂回《うかい》して少し歩くと、駅前とは思えないほど緑豊かな空間が現れる。

『ruffle』だ。

明るいベージュの壁、大きな窓。揺れるオリーブの木——洒落《しゃれ》ているが、気取ってはいない。誰しもが、つい入りたくなるような店構えである。

ガラス窓の内側、賑《にぎ》わう店内がよく見える。

「……ふん。入れ物ばっかよくても、コーヒーがあれじゃな」

Tシャツの裾《すそ》で鼻の下の汗を拭い、水樹はぼやいた。丁寧な文字で書かれた黒板には『本日のランチ　三種のとろけるチーズとショルダーハム、新鮮野菜を挟んだパニーニ、あっさりトマト味の冷製パスタ添え。デザートはアールグレイのムースと有機レモンのシャーベット。お好みのドリンクつき』と書いてある。パニーニとはイタリアのサンドイッチだ。チーズを三種も使ったサンドイッチ……考えただけで腹の虫が合奏を始めそうである。

いやいや、今日は篠宮にガツンと一発言ってやるために来たのだ。腹を減らした顔など見せたら負け、武士は食わねどなんとやらである。

気を取り直して、水樹は店の扉を押す。

いらっしゃいませ、と三人の店員が出迎えてくれた。客にサービスしている者を除き、きちんと水樹を見て微笑みかけるのを忘れない。店員教育も行き届いているようだ。

水樹はむっつりと、空いていたカウンターに座る。冷たい水とおしぼりを出してくれたのはカウンターの中にいた男性店員だ。最初に来た時もいた、眼鏡をかけた、少し固い雰囲気のする男である。

「ようこそ石花様。申し訳ありませんが、篠宮はただいま外しておりまして」

「えっ」

いきなり名前を呼ばれて、水樹は思わず男の顔をまともに見てしまう。

「もうすぐ戻るはずですので、ランチでも召し上がってお待ちください。パニーニに少々ブルーチーズを使っておりますが、お嫌いではありませんか？」

「いや、好きだけど……」

「ではすぐに準備いたします。お飲み物はいかがいたしましょう」

「あ、じゃ、アールグレイのアイスティーで……あのさ」

　はい、と男が落ち着き払った声を出す。名札には『有藤』と書いてあった。篠宮も落ち着いた雰囲気の男だが、この有藤にはさらに……むしろ怜悧《れいり》な雰囲気すらある。どこかの大企業の役員秘書でもやっていそうだ。

「俺のこと……その」

「存じ上げております。ネルドリップの名手だと、篠宮がそれはもう熱心に話しておりました」

「そ……そうなんだ」

「よほど『石花珈琲店』様に惚れ込んだようです。毎日通い詰めで、ご迷惑になっていないといいのですが」

「や……そんな、迷惑ってことも」

「おそれいります」

　ほとんど笑みもないまま、淡々と喋る男だった。なのに排他的な印象を受けないのはきちんと相手の目を見ているからだろう。その視線には客に対する真摯《しんし》な態度が窺《うかが》える。

やがて出てきたパニーニは絶品だった。

モッツァレラとグリュイエール、そして僅かに入ったブルーチーズが味にアクセントを加えている。ショルダーハムはほどよい塩加減だし、一緒に挟み込まれている野菜は水切りがきっちりしてあって、パンをべとべとにしない。サイドメニューの冷製パスタはカッペリーニを使ってあった。細かく切ったトマトが甘く、ブラックオリーブも上等なものを使っている。

これでデザートとドリンクがついて千二百円では赤字なのではなかろうか。

「お味はいかがでしたでしょうか」

「すげえうまかった……厨房に専門の人いんの？」

「はい。イタリア料理を修業したシェフが入ってまして、篠宮と相談してメニューを決めています」

「素材もいいのを使ってる。……資金があるってのは、うらやましいね」

「ありがとうございます」

後半の嫌みはサラリと無視して、有藤は皿を下げるために身体を屈めた。そして口元が水樹の耳の高さに来たとき、ふいに囁く。

「篠宮にはお気をつけください」

どきりとした。

この男は、もしや水樹が篠宮にされたことを知っているのだろうか。

「育ちのいい紳士に見えるでしょう？　まあ、実際そうなのですが……あの草食動物のような優しい微笑みに騙されてはいけません」

「なに言って……」

「牙を、隠してます」

ほどよく効いた冷房の中だというのに、背中にじわりと汗が浮く。あの日首筋に食い込んだ、篠宮の歯の感触が蘇《よみがえ》る。

「油断して近づきすぎると、骨までゴリゴリ食べられてしまいますよ」

「それ、どういう……」

どういう意味なのだと問いかけて口を噤《つぐ》んだ。うっすらとわかっていた気がする。

あの男は危ない。

悪人ではない。だが危ない——肉食動物は草食動物を喰《く》らわずにはいられない。善悪の問題ではなく、自然の摂理としてそうなっているのだ。どれほど紳士であろうと、穏やかな顔でたてがみを靡《なび》かせていようと、ライオンはライオンであり、空腹になれば牙を剝く。

「用心なさい。引き返せなくなる前に。……おや、帰ってきたようです」

振り返ると、店の扉が開き篠宮が顔を見せた。制服ではなく、軽い麻のスーツを纏《まと》っている。

水樹を見つけて、にこりと笑った。

「おや、これはちょうどいい」

その言葉がなにを意味するのかは、次の瞬間にわかった。開けられたままになっている扉から、一台の車椅子が入ってきたからだ。

咄嗟《とっさ》に立ち上がり、水樹は目を見開く。車椅子に座り、広い店内を見渡しているのは父、そして車椅子を押しているのは小嶋だった。

「水樹くん……」

先に水樹を見たのは小嶋だ。

薄青い半袖のシャツにベージュのコットンパンツ。もう三十八、九になるはずなのに、未だに青年の風情《ふぜい》を漂わせている。きれいな顔をしているのに、ごく地味な格好しかしないのも相変わらずだ。

そして——車椅子の上でゆっくりと顔を上げた、坊主に近いほど短い髪の男。

水樹、と唇だけが動く。声はなかった。

すっかり痩せた父の姿。目の下が窪んで影ができている。こちらを見つめる顔に表情はない。

水樹は視線を落とす。

見たくない。

あんな姿、見たくなかった。

「さあ、そちらの広いテーブルへどうぞ……有藤くん、水樹くんのお飲み物をこちらにお運びしてください」

「おい、ちょっと待てよ」

父と一緒のテーブルになど着きたくない。そう言うつもりだったのだが、小嶋に縋《すが》るような視線を向けられ、いやと言うタイミングを逸してしまった。

やむなく、水樹も移動する。

よくよく見れば、『ruffle』の店内には、客の動線に段差が一切存在しない。テーブルとテーブルの間隔も充分に空いていて、車椅子は楽に通過していく。設計段階からバリアフリーが採り入れられているのだ。

「久しぶりだね」

ほっとした表情で、小嶋が言う。篠宮は注文だけ取ってカウンターに引っ込んだ。ふたりのオーダーはレモネードだった。昔から父はよその喫茶店でコーヒーを飲まない。

「ここで会えるなんて思ってもいなかった……元気そうだね、ちょっと痩せたかな？　ねえ店長……あ、ごめん。今はもう水樹くんが店長だった」

今でも小嶋は父を店長と呼んでいるらしい。癖になっているのだろう。店長、樹里《じゅり》さん、水樹くん——樹里というのは母の名前だ。

かつて『石花珈琲店』が一番賑やかだった頃、店は父と母、そして最初はバイトだったこの小嶋あきらとで回していた。まじめで人柄もいい小嶋はすぐに店に馴染《なじ》み、大学を出たあとは正式な従業員となった。

いつも絶えなかった笑い声。

明るい陽《ひ》の差し込む店内。母が欠かさず飾っていた、控えめな花々。

「お父さんね、よくなってきたんだよ」

隣にいる父を見ながら小嶋が言う。父はむっつりと黙ったままだ。もしかして喋れないのだろうか。脳卒中は、後遺症に失語が出る場合も多いと聞く。

「毎日頑張ってリハビリしているんだ。もうすぐ歩行器を使わなくても、歩けるようになるだろうってリハビリの先生も言ってる。そうしたら、退院もしてもいいらしいし。ねえ、店長?」

また言い間違えて、小嶋は「あ」と苦笑する。

「……あんたたち、なんでこんなとこにいんの? ここの店長と知り合いなのかよ?」

水樹はぶっきらぼうな調子で聞いた。小嶋は「初対面だよ。店の前でたまたま会ったんだ」と答える。

「篠宮さんは、子供の頃ときどき『石花珈琲店』にいらしてたそうなんだ。それで、ここのオープンを知らせる招待状をくださって——やっと今日、先生から外出許可が出たから、伺ってみようかって」

「へえ」

そういえば、プリンがどうとか言っていたっけと思い出す。

「……店は」

掠《かす》れた声を発したのは父だった。俯き、水樹を見ずに言葉を紡ぐ。

「店は、うまくいってるのか」

フン、と水樹は鼻で嗤《わら》ってやった。

「あんたには関係ないだろ。もうあの店は俺のもんなんだから」

「関係ある。あの店は、俺と母さんの……」

「ふざけんなよ」

いらいらと煙草の箱を出し、全面禁煙を思い出してバシンとテーブルに叩きつける。水樹の荒い口調に、隣のテーブルのご婦人たちがチラリと視線を送ってきた。

「あの……あのね、水樹くんがお店に帰ってきてくれて、本当によかったってお父さんと話してたんだよ。これで安心して治療に専念できるって」

慌てて取りなす小嶋を見ていると、苛つきはさらに増す。水樹は吸えるわけでもない煙草を取り出して、手の中で弄んだ。

「もしかしたら……もう、帰ってきてくれないかもって心配してたから」

気を遣ってくれる小嶋にうんざりする。

痩せ細った父がうっとうしい。

フィルターを指先で潰した。自分では制御できない風船のように、苛つきは水樹の胸の中でどんどん膨らんでいく。

脳裏に母の顔がちらつく。

なにも知らずに逝った、可哀想な母。

「お父さんが嬉しいのは、お店だけじゃなくて、水樹くんが……」

「店は最悪だぜ」

バチン、と風船が弾《はじ》けた。

中に詰まっていたのは、身内であるがゆえの、どうにもならない憎しみだ。

「水樹くん……？」

「あんな古くさくて暗い店に、客が入るわけねえじゃん」

小嶋にではなく、父に向かって言ってやった。父は下を向いたままなにも言わない。なにを言われても腹が立つが、なにも言われないのもまたむかつくのだ。

「俺はろくに掃除もしないいし、店の中で煙草吸いっぱなしだし、客に愛想もふりまかない。今じゃしつこい常連がポツポツ来ちゃ嘆いて帰ってくだけだよ。どうせあんたんとこにも、見舞いに来てんだろ？　あのバカ息子はどうしようもないぞって、ちゃんと耳に入ってんだろ？」

いらいらする。

どうしようもなく、いらいらするのだ。水樹の手の中で、煙草のフィルターはもはやぼろぼろに崩れていた。

「べつにあんな店、潰れたっていいんだ」

いっそはっきり言ってやろうと思った。水樹がどういう気持ちでこの街に戻ってきたのか、ふたりに聞かせてやればいい。

「みず……」

「つうか、潰してやるよ俺が」

小嶋の言葉を遮って水樹は続けた。

父はまだ顔を上げない。

ふと、今自分はどんなひどい顔をして喋っているのだろうかと思う。きっと恐ろしく醜い顔で、車椅子に座る肉親を責めているのだ。

「あんたが生きてるうちに、潰してやる。あんたの大切な店の評判を地に落として、誰ひとり客の来ない店にしてやる。そうすりゃ、あんたらもいいかげん思い知るだろうよ、自分たちがなにをしたのか、どんな取り返しのつかないことをしたのか。そうだろ、親父。あんたなんか、いっそ倒れたまま死ねば――ッ」

言葉が詰まったのは、誰かにいきなり、喉仏のすぐ上をグッと押さえられたからだ。声帯が圧迫され、見事なまでに声が出ない。

「お静かに。他のお客様にご迷惑です」

息苦しさの中、篠宮の声が聞こえる。水樹のすぐ背後に立っているのだ。

「ぐっ……」

そのまま腕を強く摑んで立たせられ「ご子息をお借りします」という言葉と共に、水樹は中庭に引っ張り出された。一番暑い時間帯なので、他に客は誰もいない。首と腕をがっちりホールドされ、篠宮の腕力に逆らえない。

「ぐえ……げほっ……な、なにすんだよ！」

店内から死角になっている木陰に引っ張り込まれて、ようやく解放された。ギャルソン姿になっていた篠宮は珍しく眉間《みけん》に皺《しわ》を寄せている。

「ひどい息子ですね。親御さんに向かって、なんて口をきくんです」

「あんたには関係ねえだろッ」

「私の店ですから関係ありますよ」

「それは……大声出したのは、悪かったよ。けど、うちの家庭の問題に首突っ込んでくんなよな。ったく、うぜえったら……痛ッ！」

ぎゅうと耳を引っ張られる。まるで悪戯《いたずら》をした子供の扱いである。

「私の前でうぜえという言葉は使わないように。鳥肌が立ちます」

「痛いだろうがっ、放せッ！」

「まったく……きみはまるで子供のようだ。小学生くらいのね。なにがあったのか知りませんが、病気だけでも大変な苦しみでしょうに、お父さんに向かってあんな暴言を吐くなんて」

引っ張られていた耳をさすりながら、水樹は「本音を言っただけじゃん」と呟いた。

篠宮は腕組みをしたまま「なんですって？」と水樹を見下ろした。

「なんでもねえよ」

「ちゃんと聞こえましたよ。まさか本気でお父さんが死ねばよかったと思っているわけじゃないでしょうね？」

まるで口うるさい教師である。人にあんな真似《まね》するエロオヤジのくせして、なに偉そうにしてんだよコイツ——水樹のむかっ腹は次第にボルテージを上げていく。

「そう思ってたら、なんだって言うんだよ」

「水樹くん」

「なにも知らねえくせして、口出すんじゃねーよ！」

「相手がきみじゃなければ放っておきますよ。私はバカは嫌いですから」

「誰がバカだって？」

「品のない髪の色をして、趣味の悪い服を着た、親不孝者のことです」

「あんたに！」

思わず、篠宮のボウ・タイを摑んでいた。

「あんたに、なにがわかるんだ……ッ。あいつ、あいつらはな、ずっと母さんを裏切ってたんだ！」

「水樹くん、落ち着きなさい」

無理だ。一度頭に上がった血は、そう簡単には降りてくれない。

しかもこの中庭は眩《まぶ》しく、そして暑く、身体の中に籠《こ》もった熱が水樹の心をかき乱す。誰にも言ったことのないセリフを吐き出したくなる。

吐き出せば——言ってしまえば、少しは楽になれるのだろうか。

「——デキてんだよ」

「え?」

「親父と、あいつ……小嶋。あいつらはそういう関係なんだ」

束の間、篠宮が絶句する。

そらみろ、誰だってそうなる。呆れ果ててものも言えなくなるんだ……水樹は頬を引きつらせ、篠宮の襟から手を離した。

「それは……つまり、お母さんがご存命の頃から、ですか?」

タイを整えながら、篠宮は質問した。

「あたりめーだろ。だから俺は怒ってんだよ。あいつらが知り合ったのが母さんが死んだあとなら……そりゃ複雑な気分だけど、文句は言わない。なんでゲイのくせに結婚したんだとは思うけどな」

「結婚してから自分の性指向に気がつく人もいますから」

「ハ。結婚相手にしてみりゃ、迷惑な話だ」

子供まで作っておいて、やっぱり男が好きでしたと？　冗談にもならない。

「小嶋は……母さんが死ぬ一年前くらいにバイトで入ったんだ。まだ大学生で、俺なんか小学生で、ほんのガキだった。だからいつふたりがそういう関係になったのか、はっきりとは知らない。でもその頃から、おとなしくて無口で人見知りする親父が、週に一回は必ず外出するようになったのは覚えてる。よく……覚えてる。俺も遊んでもらいたかったのに、出かけるって言われてがっかりしたからな。あとから考えてみりゃ、小嶋に会ってたんだ」

「……お母さんは、気づいていらしたんですか？」

「知らなかったよ。死ぬまで、知らなかった。俺だって、十七んときに現場を見るまで気がつかなかったんだ。いまいち鈍くて能天気なとこは、母さんに似たんだろ」

あれもまた、夏。

夏の夜だった。不快指数の高かったその夜、喉が渇いて夜中に目覚めた。

店の冷蔵庫からコーラでも失敬しようかと足音を忍ばせて階段を下りて――抱き合うふたりを見つけてしまった。

「固まったね、俺は」

最後の一段を下りないまま、水樹は動けなくなった。見てはいけない。聞いてはいけない。薄暗い店内で抱き合うふたりを、確認してはいけない……だが声が聞こえてきた。間違えようもない父の声。

「驚いたぜ。正直、母さんが死んだときと同じくらい驚いた。母さんも急だったけど……でも病院に一か月は入ってたかな。俺はちょうど夏休みで、毎日見舞いに行って……」

十歳だった。

人が死ぬという現実を、まだ体感したことがなかった。母の病気が軽くはないのだとわかったが、死ぬはずがないと思っていた。

「プールに」

声が裏返りそうになる。俯くと、よく磨かれた篠宮の靴が目に入った。

「……プールに連れてってくれるって、言ってたんだけど、結局そのまま出られなかった。容態が急変して、それっきりだ」

あれも夏、これも夏。

夏はいつも、水樹の心をかき乱す。

「事情はわかりましたが」

黙って話を聞いていた篠宮が口を開く。

「だからといって、暴言を吐いていい理由にはなりません」

普段とまったく変わらない態度と声で篠宮は水樹を諭す。

「相手は病人ですよ。病人を苦しめてどうするんです」

「ざまあみろさ。苦しめばいいんだ」

「水樹」

「因果応報ってやつだろ。俺の知ったことじゃねえよ」

「やれやれ。バカな子だ」

バカとはなんだ。しかも子、ってのはなんなんだ、俺はもう二十六だぞ、と篠宮を睨み上げた。哀れむような視線とかち合い、逸《そ》らすものかと意地を張る。第三者になにがわかる、おまえの母親が死んだわけではないだろう。知ったかぶった講釈を垂れるな——そう怒鳴りつけてやろうとした寸前、

「苦しいのはきみだろうに」

静謐《せいひつ》な目で見つめられ、言われた。

水樹は口を噤む。言葉がなにも思い浮かばない。

苦しいのは、俺？

父を……父と小嶋を憎んで、死んだ母を哀れんで、思い出の凝縮したあの店を、自分の手でどんどんだめにして。あいつらを、こらしめてやると思って。

「苦しくなんか」

ない、と言えなかった。

あたっていたからだ。苦しいからだ。藤井沢に帰ってきてからこっち、ずっと胸が苦しいのは、煙草のせいだけではないのだ。

胸が苦しい。痛い。Tシャツの胸元をぎゅっと掴み、水樹は俯く。突然背中を抱かれ、木陰のより奥へと引きずり込まれる。

「あっ」

小枝が髪に絡みついて引っ張られ、顔が上向いてしまう。篠宮の手が伸びてきて、それを取ってくれるのかと思うと、なおも髪が引っ張られた。

「痛っ……」

さらに顔が上がってしまう。ほとんど空を見上げるほどだ。

眩しい太陽を木々が遮り、木漏れ日はきらきらと顔の上に降ってくる。

「痛い、よ……」

「髪が？　それとも、心が？」

両方だ――篠宮の問いに胸の中で答える。両方痛いんだよ。

「悪い子だ」

眩しい木漏れ日を、篠宮の顔が遮る。

なにが。違う。俺は悪くなんかない……そう思っているのに、言葉にできない。顔が近づいたかと思うと、噛みつかれるような口づけに襲われ、息もままならなくなる。

苦しい。肺と心臓が訴えている。

苦しい、苦しい――涙が滲んでくる。

唇が僅かにずれた瞬間、水樹はハアッと呼吸を貪《むさぼ》った。

「そんなに誰かに、叱られたいのか？」

そしてまた喰らいつかれる。きつく舌を吸われ、噛まれる。なにを言っているんだ。叱られたくなんかない。そんなんじゃないのに。

暑い。ここは暑い。身体が熱い——だめだ、倒れてしまいそうだ。

倒れないためには、篠宮に縋るしかなかった。その背に指を食い込ませると、抱擁はさらにきつく、口づけは深くなる。

やがて水樹の唇から唾液が一筋溢れ出たとき、なんの前触れもなく身体が離された。

「わあ、中庭もあるんだねえ」

少し離れたところから聞こえてきたのは、客らしき女性ふたりの声だ。篠宮はまだ片手で水樹の腰を抱いたまま、じっと前方を見据える。

「きれいきれい。でもちょっと暑すぎだよねー。やっぱ中に行こうか」

「うん、そうしよ」

芝を踏む足音が遠ざかり、篠宮の身体から僅かに緊張が解けた。

その瞬間、水樹は篠宮を突き飛ばすようにして後ずさる。小枝に絡んでいた髪が数本プチリと抜けた。二歩、三歩となおも後ずさる。

篠宮は追ってこない。

無言のまま水樹を見つめるばかりだ。その視線に耐えきれなくなって、水樹は踵《きびす》を返した。走って、中庭を抜け、脇道《わきみち》を通ってそのまま店の外に出る。駅のコンコースまで走り続けて、やっと止まる。汗がどっと噴き出してきた。一瞬だけ支払いは、と頭を掠めたが、そんなことはすぐにどうでもよくなっていた。舌がじんじんと痺《しび》れ、激しい口づけが白昼夢ではなかったと訴える。不摂生がたたって荒れていた唇が切れ、血の味がする。

……これをあの男も味わったのだろうか。

そう考えたら、この暑さだというのにゾクリと背中が震える。

父の顔、小嶋の顔、そして篠宮の顔が頭の中をぐるぐる回り、水樹はしばらく呆然《ぼうぜん》と通路に立ち尽くしていた。

3

金がないというのは悲しい。

うさを晴らすべき酒を飲もうにも、酒を買う金すら惜しいのが悲しい。悩みながらマエダ酒販の前をうろうろし、おかみに見つかり酒ではなく、とうがんの煮つけなどをもらって、なにか祭するところがあったのかロング缶のビールを一本つけてくれて、それがどうにも情けなくて、水樹《みずき》はビールを飲みながらひとりで酔ったふりをしていた。

とうがんは、ダシがよく染みていて美味《おい》しかった。

ぼんやりと店のカウンターに腰かけて、煙草《たばこ》を吸いながら考える。なにが悪かったのかと自問する。

かつて自分は確かに幸福だった。祖父がいて、父がいて、母がいて——コーヒーの香りに包まれた幸福がこの店にはあった。

今ではそれが、幻のようだ。

……もしかしたら、最初から幻だったのかもしれない。だって、父は言っていたではないか。小嶋《こじま》と抱き合っていたあの夜、水樹ははっきりと聞いたではないか。

——子供なんか、作るべきじゃなかった。

父の声を捉《とら》えた時の衝撃を、どう言い表せばよいのだろう。

——だめです、店長。そんなふうに言わないで。

声を詰まらせる父の背中を、小嶋が優しく撫《な》でていた。水樹は再び足を忍ばせて階段を上がり、自室に戻った。頭の中は真っ白だった。タオルケットに潜って、自らを抱きしめる。暑いのに、震えていた。

……なぜあのふたりが。

……だって、じゃあ母さんは。

……俺なんかいらないって？

激しい混乱に、頭痛すらしてきた。十七は大人だと思っていて、けれど実際は子供だった。親から存在を否定されれば、いとも簡単に足元がぐらつく子供だった。水樹は自らの混乱を御することができず、父を恨み、慕っていた小嶋を疑い、母がいなくなってからも安定して続いていたこの店すら憎くなって——結局は家を出た。

「……確かにな……俺さえいなきゃ、丸く収まったのかもな……」

闇に流れる煙を目で追いながら独りごちる。

父はまじめな男だ。母を騙《だま》して結婚したとは思えない。ならば篠宮《しのみや》の言っていたように、結婚後に自分が同性愛者だと自覚したのだろう。

水樹がいなければ……その時点で、両親は別れていたかもしれない。

少なくとも、父は母に告白しただろう。あの不器用な父が、隠し事を続けられるわけがないのだ。水樹の存在が、父を思いとどまらせた。

言い方を変えれば、父を縛っていた。子供なんか作るべきじゃなかったというのは、つまり水樹さえいなければという意味なのだ。

おまえはいらなかったのに。生まれてこなくてよかったのに。

……そういうことなのだ。

「アレ……？」

ふと気づくと、頬《ほお》が濡《ぬ》れている。

泣き上戸というわけでもないし、そもそもロング缶の一本で酔うほど弱くない。けれど今は、酔ったことにしておきたかった。ぱたぱたと音を立てて、涙がカウンターに落ちる。面倒なので拭《ぬぐ》いもしない。

——バカな子だ。苦しいのはきみだろうに。

篠宮の言葉を思い出す。

かなり危ないオッサンではあるが、言っていることは的を射ていた。本当にバカだ。もうすぐ十年が経とうとしているのに、あの時の父の言葉が未だに許せないでいる。母への裏切りもだ。どうしたら許せるのかわからない。本当は、水樹も許してしまいたい。許せば楽になれるだろうに……でもその方法がわからない。

ぐるぐると考え続け、結局カウンターで夜明かししてしまった。

寝不足のままシャワーだけ浴びて、貧乏人の味方のバナナを食べ、今日の分の豆を注意深く焙煎《ばいせん》する。潰《つぶ》してしまうはずの店の開店準備――俺はなにをやっているんだと思いつつ、それでも、どうしてもコーヒーに手を抜くことだけはできない。

「あーあ、バッカみてえ」

ろくに客も来ない店で。

愛する人など、誰もいなくなった店で。

たったひとりで――なにをしているのか。

「……けど、あの野郎が来るかもしれねえし」

そう、篠宮が。

「やばそうな奴だけど……コーヒー飲むだけなら関係ねえし。あいつ、自分では淹《い》れられなくても、ちゃんと味わかってるみてえだし」

独りごちながら、母の愛した一点もののカップたちを丁寧に洗う。気が向いたので、換気扇の掃除もしてみた。面白いように煙が抜けていく。篠宮がここを訪れるのは、開店直後の十時すぎか、あるいは日中の休憩時間だ。

壁の、これまた古い時計を見る。祖父の代から掛かっている精工舎《せいこうしゃ》の柱時計は十時を五分回ったところだ。

時計を見て、扉を見て。

しばらくしてまた同じことをして。

まるで篠宮を待っているみたいではないかと気づき、水樹は「アホくさ」と口の中でぼやく。

どうしてあんなヤツを待つ必要があるのか。そもそも商売敵だし、さらに変態入ったエロオッサンじゃないか。しかも説教癖があって、水樹を子供扱いして——あんな木陰に引っ張り込んだりして。

……あの口づけには、どんな意味があったのだろう?

痛いほどの激しさと、熱さ。

水樹を見下ろす目はふだんの紳士的な彼とは別人だった。肉食獣……有藤はそう言っていた。獲物を組み敷く強い四肢と、肉を切り裂く牙を持った獣……。

リンゴン、とカウベルが鳴る。

来たか、と顔を上げ、水樹は表情を硬くした。来たには来たが、別の客だ。

「ここっスよアニキ」

「えれえ汚ねえ店だな……薄暗いしよ」

その二人組がコーヒーを味わいに来た客ではないことくらいすぐわかった。ド派手なアロハと、サングラスにスーツ。どう見ても堅気には見えない。やば、と思わずカウンターの下に隠れたい気持ちになるが、子供のかくれんぼうではないのだからそんなことをしても無駄だ。

「夜逃げしてなかったかァ、石花《いしげ》」

弟分らしき、若い男が言う。前歯が出ていて、ビーバーのような顔をしていた。

「……ラ、ラッコ」

「ラッコローンだ。略すんじゃねえ。約束の日だぞ、利息だけでも払《はら》ってもらわねえとな。ちなみに延滞金がついてっから、こんな金額になってる」

兄貴分に渡された書類を見て、水樹は目眩《めまい》を感じた。ものすごい膨らみ方だ。雪だるま式というのはこういうことだろう。

「石花ェ、てめえ、今日はきっちり支払ってもらうぜ。一週間延ばしてもらうのによォ、オレとアニキはアニキのアニキに、えれえ怒られたんだかんなァ」

頭の悪い喋り方の見本のように、ビーバーがまくし立てる。

「えーと、ですね」

さて困った。

金はもちろんない。あてもない。どう誤魔化そうかと視線を泳がせると、そこはさすがに海千山千なのだろう、兄貴分が「おっと、口先だけの言い訳はいらねえぞ」と釘《くぎ》を刺す。

「つまり金はねえんだろ、石花」

「いや、それは」

「ああ、隠しても無駄だ。顔に書いてある」

「あの」

「いい、いい。OK、わかったよ。ない袖は振れねえもんな。大丈夫だ石花」

サングラスを取りつつカウンターの内側に入ってきた兄貴分が、馴れ馴れしく水樹の肩に腕を載せる。袖口から覗《のぞ》いた手首を見て水樹はぎょっとした。墨が入っているのだ。

「なあ石花」

「は……はあ」

優しげな声がかえって怖い。

「現状はかなりヤバイ。うちのオヤジ……じゃなくて社長はカッとくるタイプなんだ。すぐぶちのめせだの、たたき壊せだの、火ィつけちまえだの、危いこと言いだしやがる」

「火……は、困るんですが……」

「だろ？　けど、オレが頭下げりゃ、なんとかもうちっとは待てると思うんだよ」

「そ……そうしていただけると、ありがたいなあ、なんて……」

「そうだよなあ？　けど石花、オレもさすがに手ぶらじゃ社長を説得できねえのよ」

ぐい、と腕に力が籠《こ》もる。覗き込む兄貴分の目が蛇のようだと言ったら、蛇に失礼だろうか。

「この土地の権利書、出せや」

思わず間近にあった兄貴分の顔を凝視した。そんなこと、できるはずがない。

「そ」

「いやだとは言わせないぜ?」

「けど……それは、いくらなんでも」

「ただの担保だよ。おまえが金を返せばなんの問題もない。ちゃんと返してくれんだろ?」

「返します、けど」

「ならこっちに、権利書預けろや。『明るい未来を築くあなたのラッコローン』が責任をもって保管しとくから」

無理だ。最初にした借金は五十万。あっという間に膨らんで今では二百万を超えた。

だがこの土地と店の価値はそれを遥《はる》かに上回る。たかだか二百万のために権利書など預けられるわけがない。それこそラッコローンの思うつぼだ。

やはりあの時、篠宮の金を受け取っておくべきだったか——などと今さら考えたところで覆水盆に返らずである。

「すみませんッ!」

兄貴分の腕から抜け出し、水樹はその場に膝《ひざ》をつく。そしてガバリと勢いよく土下座した。もう恥も外聞もない。そんなものあっても質草にもならない。

「ホントに、すみませんっ。もう少しだけ待ってください!」

「待つよォ、権利書預けてくれれば」

「それだけは勘弁してください!」

「アア?」

兄貴分の靴が、じりじりと水樹の目の前に迫る。だが水樹は床に額をつけるようにしたまま微動だにしなかった。

「哲也《てつや》、こいつ今なんつった?」

「ハイ兄貴、権利書は預けたくねえって」

「すみません! 金は、あと一週間、いや三日もらえれば、必ず——ぐ、えッ!」

水樹は呻《うめ》きながら転がる。

サイドから、丸あきだった脇腹へ勢いよく蹴《け》りが入ったのだ。シンクの隅に置いてあった古伊万里が落ちて、顔のすぐそばでガシャンと音を立てる。なんだか母に叱《しか》られたような気分になった。

「哲也ァ」

「ウス!」

「権利書探せ。店ん中のどこかにあんだろ」

「ウス!」

水樹は襟首を摑《つか》まれて起こされ、ズルズルとカウンターの外に引きずり出された。

「や、やめろ……警察、呼ぶぞ」

「はあ? どうやって?」

転がったまま、背中にドカリと兄貴分の靴が載る。まずい、この展開はまずい。権利書など水樹もほとんど見たことはないが、確か棚奥の古い手提げ金庫に入っているはずだ。

「やめてくれ……頼む。金はちゃんと」

「うるせえ」

踏みつけられて、背骨が軋《きし》んだ。

起き上がれない水樹の身体に、ドタバタと家捜しの振動が伝わる。時折なにかが落ちたり割れたりする音がして、そのたびに水樹は心中で母に謝った。カップが全滅しないといいのだが。

「アニキィ、レジこじ開けますか?」

「どうせ店の釣り銭程度の現金だろ。無視しとけ」

「ウス」

やがてガラガラドッシャンとひときわの騒音とともに、弟分の素っ頓狂な声が聞こえた。

「うっわ、棚が崩れて……あっ、アニキ、なんか古くさい金庫があります!」

見つかってしまった――いよいよやばい。

「開くか?」

「や、開かないっス! ダイヤル合わせないとダメみたいっス」

無理矢理に引き起こされ、床に尻餅《しりもち》をついたままガクガクと頭を揺すぶられる。

「金庫の番号は」

「……忘れました」

「ふかしてんじゃねえ。二度と見られない顔になりてえのか？」

なりたくない。なりたくないけど――水樹は朦朧《もうろう》と店を見回す。椅子《いす》は倒れ、カップは割れ、丁寧に扱っていた道具たちは散乱し……ひどい有様だ。

「ちくしょう……俺の店が……」

祖父が興した店。

母が愛した店。

父が、大切にしてきた……『石花珈琲店《コーヒー》』が。

「番号は！」

「うるせえんだよこのラッコ野郎が！　知らねえって言ってんだろ！」

感情に任せて怒鳴った直後、しまったと悔やんだがもう遅い。

「……そんなに顔カタチを変えてえのかよ」

低い声が聞こえ、水樹は観念して右腕で顔を覆う。

母譲りの顔だけが取り柄だったが致し方ない。顔がどれほどボコボコになっても、権利書は渡せない。

「ぐえっ」

だが飛んでくるはずの拳《こぶし》はなく――代わりにカエルが潰れたような声が聞こえてきた。

てみれば……。

「ア、アニキ！」と弟分の慌てる声が続く。いったいなにが起きたのかと、そろそろ顔を上げ

「お取り込み中のようですね」

兄貴分の後ろ襟《えり》を摑んだまま、しれっとした顔で篠宮が立っている。

「て……めえ」

兄貴分が篠宮を振り払い、向かい合わせになって殴りかかった。

「篠宮、あぶな……ッ」

「おっと」

だが振り上げられた腕の肘《ひじ》部分を篠宮はいとも簡単に捉え、「よいしょ」と軽いかけ声と共に、身体の内側に向かって捩《ね》じ込んだ。

ゴリッと鈍い音が聞こえる。

スッ、と兄貴分の顔色が青ざめ、右腕はだらりと下がった。なにが起きたのか、水樹にはよくわからない。金庫を抱えたまま弟分が慌ててカウンターの中から出てきて「コンの野郎っ」と凄《すご》むが篠宮にじろりと睨《にら》まれ、その場で足踏みをするだけだ。

「ア、アニキィ」

「くっそ……てめ、なにしやがった」

「関節を外しただけですよ」

冷ややかな声が答える。

「人間の身体というのは、結構脆《もろ》いものなんです。その構造を把握していれば、腕力に訴えなくても関節くらいは外せます。なに、整形外科に行けば戻してくれますよ。……ほら、水樹くん立ちなさい」

差し伸べられた手に摑まってなんとか起き上がったものの、派手に蹴られた脇腹が痛んで、どうしても背中が丸まってしまう。

「大丈夫ですか？」

「だ、だいじょぶ……ちょっと、どいてくれ……」

それでも水樹は、足を引きずるようにして歩く。権利書を取り返さなければならない。たとえ潰すつもりの店だろうと、ラッコどもに渡すわけにはいかないのだ。

弟分に詰め寄り、荒い呼吸の中で要求する。

「か……返せ」

両手で金庫を摑んだ。

「てめ、放せッ」

「ウチの店のものだ、返せッ！」

水樹は摑みにくい小さな金庫に縋《すが》り付くようにして、懸命に引っ張り寄せた。だが弟分もそう簡単には諦《あきら》めない。ふたりで金庫の引っ張り合いになる。

「きみ。早く彼を病院に連れて行ったほうがいいですよ?」

篠宮の呼びかけに、ぎくりと弟分の動きが止まった。

「その金庫を放して、さっさと出て行きなさい。関節が外れたまま筋肉が固まると、戻らなくなることもありますし……ぐずぐずしてると、きみの関節まで外れることになる」

軽く手首を回し、微笑《ほほえ》みながら言う篠宮には妙な迫力があった。

つかの間の沈黙が流れ、結局兄貴分が目配せをして、弟分はやっと手を放す。金庫を抱えた水樹はほっとして、そのまま数歩よろけて壁にぶつかる。

よかった……戻ってきた。

ヤクザなんかに奪われたら、死んだ母に顔向けできない。

「素人のくせに首ツッコミやがって……覚悟できてんだろうな」

兄貴分は額に脂汗を浮かべながらも、声はヤクザらしさを失っていなかった。

「私は自分のビジネスパートナーを守っただけですが」

一方で篠宮は冷然とした顔だ。外は炎天下のはずなのに汗ひとつかいておらず、上等な綿麻のシャツにはビシリとアイロンがかかっている。

「パートナーだと?」

「ええ。共同経営の話が進んでいますので」

進んでねえよ、と思った水樹だが、ここは篠宮に任せてみる。

「名刺をお渡ししておきましょう。後日ゆっくりお話は伺います。ただし申し上げておきますが、私は金融業に関して素人というわけではありませんし、そちらの業界に知人もちらほらおります。無闇な脅しや強請《ゆすり》はまったく意味をなさないのをお忘れなく」

篠宮の出した名刺を無造作に受け取り、兄貴分は舌打ちをした。ブラブラしている腕をもう一方の腕でホールドして、店の出口へと向かう。だが自分で扉を開けることはできない。

「哲也ァ！」

「ウ、ウスッ！」

狭い通路を子ネズミのように弟分が走り抜け、兄貴のために扉を開けた。途端、明るすぎる夏の光が水樹の目に飛び込んでくる。

その光の中に、ラッコローンのふたりは消えていった。

水樹は金庫を抱えたまま、深いため息をつく。今度ばかりは、だめかと思った。

「やれやれ。コーヒーを飲みにきたのに、それどころではないようですねえ」

「わ……悪かったよ」

金庫をカウンターの上に置き、我ながら情けない声で水樹は言った。かろうじて権利書を守り通すことはできたが、篠宮が来なかったらどうなっていたかわからない。張りつめていた糸が緩み、虚勢を張る余裕もなくしていた。

「危ねえとこだった……今だけは、あんたが天使に見えるぜ」

「おや。今だけなんですか」

「あたりまえだろうが……イテテ」

脇腹をさすりながら、金庫のダイヤルを合わせていく。権利書を自分の目で確認したくなったのだ。重要書類が入っているのは母が経理を担当していた頃から変わっていないはずだが、実際見たことがあるわけではない。おそらくこの金庫自体、もう何年も開いていないのではなかろうか。

カチリと音がして、古い金庫の蓋《ふた》が浮いた。ひと通り確認すると各種書類、実印などが、きちんと収められていて、水樹は安堵《あんど》の息を漏らした。

「もっと安全な場所に預けておくべきですね。銀行の貸金庫だとか」

隣に立っていた篠宮が言う。もっともな意見だが、現実的ではない。

「タダで預けられるわけじゃねえんだろ。ウチは今カツカツなんだよ」

「借金があるくらいですからねえ。……水樹くん、そろそろ本当のことを言ったらどうです?」

「なにが」

「借金の原因ですよ。本当は、この店の運転資金なんでしょう?」

倒れた椅子を起こして腰かけ、篠宮が聞く。

「……だから、競馬だって」

「きみは嘘が下手なんです。すぐ顔に出る」

「勝手に嘘って決めるな」

「ほら、まただ。とても苦しそうに嘘をつく」

「あのな、いいかげんに……ん？」

　真実を言い当てられて頬を火照らせながら睨みかけたとき、指先にカサリとなにかが触れた。よく見ると、二重底になった金庫の一番下に、帳面のようなものが入っている。

「どうしました？」

「ここに、ノートが……なんだろ。まさか、二重帳簿ってやつか？」

　古い大学ノートを取り出し、カウンターの上で開いてみる。一ページ目を見た途端、鼓動がトクンと跳ねた。

　懐かしい、母の文字がそこにある。

「帳簿というより、覚え書きのようですね」

　もっと言えば、日記に近い。

　数字の羅列はほとんどなく、日付と、短い文章。贈答品の記録や、商店街の催し物について。しばらく捲《めく》っていくと、マエダ酒販のおかみの名前なども出てくる。

『商店街の会合で、酒屋のミキちゃんと愚痴話。ミキちゃんの旦那は遊びすぎ。うちの人はマジメすぎてつまらない。混ぜて半分にしたら丁度なのにねえと笑う』

もちろん、水樹の名前もそこかしこに出てくる。

『小学校から連絡。水樹が鉄棒から落ちたと聞いて慌てて迎えに行く。見事なコブを作っていたので、念のためレントゲンを撮ってもらいに病院へ』

続けて『最近はあきらくんのおかげで、外出がしやすくなって大助かり』とも書いてあった。

あきらくんとは、小嶋のことだ。

水樹の胸が痛くなる。もう見るのはやめようとしたが、ふと思い立って最後のページを探した。母はいつまで、このノートをつけていたのだろうか。

後ろからページを繰り、最後の日付を見つける。

七月十五日——入院の前日だ。

『いきなり腫瘍《しゅよう》だなんて言われて、びっくり。きっと良性だよとあの人は言うけれど、検査してみないとなにもわからない。べつに悲観するわけではないけれど、万が一を考える。やはり心配なのは家族のことと、お店のこと。私の愛する息子と大切な夫、そしてこの石花珈琲店』

まずい。

瞼《まぶた》がじわっと熱くなってきた。隣に篠宮がいるというのに、泣いてしまいそうだ。

水樹はこめかみに力を入れて、涙を堪《こら》える。

『水樹のことは、英樹さんに。お店のことは英樹さんとあきらくんに』

英樹は父の名だ。

続く文章を読んだとき――水樹は一瞬息を止めた。それくらい驚いた。

『そして英樹さんのことは、あきらくん、あなたに任せます。あの人は弱いところがあるから、あなたが力になってあげて』

ページの端に載せた指が震えている。篠宮の位置からもノートは見えているはずだが、なにも言わない。静かな店の中、サーモスタットが働いて冷房も止まる。柱時計の音だけがやけに大きく耳に響く。

母がこれを記している時も、動いていたであろう時計の秒針。

最後の一行はごく短かった。

『どうかよろしくお願いします』

文字は少しも崩れていなかった。むしろいつもより、くっきりと丁寧に書かれている。

この翌日、母は入院して――二度とこの店に戻ることはなかった。

黄ばんだノート。

十六年前の、母の伝言。

「知って……た、のか」

篠宮に聞いても仕方ないのに、問わずにはいられなかった。母はふたりのことを、知っていたのか。そうだったに違いない。なにも知らなかったら、わざわざ従業員に、自分の夫をよろしくと書くだろうか。そのメッセージを、金庫にしまったりするだろうか。

「そのようにも読めますね」

答えは肯定に近かった。

「なんで……知ってたのに、どうして……怒ればよかったのに……！　あ、あいつのことなんか、クビにしちまえば……ッ」

けれど母はそうしなかったのだ。

「美しい字です。人柄が偲《しの》ばれます。……強くて、優しい方だったんですね」

水樹はカウンターに肘をついて頭を抱える。知っていた。母は知っていた。そのことを、水樹はずっと知らないでいた――。

「きみのことを心配している」

ノートに視線を落として篠宮が言う。

「きみとお父さんのことを」

母がなにを考えていたのか、今となってはもうわからない。

平穏な日々を壊したくなかったのか。水樹のことを考えて耐えていたのか。あるいは、もっと以前から父が同性愛者であることを感じ取っていたのか。

すべて自分で抱えたまま、母は逝ってしまったのだ。

「俺は……」

口を開いたはいいが、言葉が見つからなかった。

荒れ果てた店内を見ながら、水樹は悄然《しょうぜん》とする。時間が止まってしまったかのようで、だが古い時計の動く音はちゃんと聞こえる。

このまま永遠に、立ち竦《すく》んでいられそうだった。

篠宮はただ静かに隣に座っていた。水樹がなにか喋《しゃべ》りたくなるまで、ずっと待っているかのように。

静寂は電話の音によって破られた。

水樹はよろよろと足の踏み場もなく散らかったカウンター内へと踏み入り、黒電話の受話器を摑んだ。

「はい……石花珈琲……」

店、まで言い終わる前に『水樹くん』とせっぱ詰まった声が聞こえる。

『すぐ病院に来て。お父さんが階段から落ちたんだ』

「小嶋さん?」

『今検査中だけど……あ、頭を打ってるらしくて……早く、来て』

「え」

いつもおっとりとした小嶋がひどく狼狽《うろた》えていた。

『ひとりで、歩行練習なんかして……早く歩けるようにって……無理したらだめだってあんなに言ったのに……!』

怒ったような涙声が遠い。

水樹は思い出していた。十六年前も、やっぱりこんな感じだった。

小嶋とふたりで店番をしていたら、父から電話がかかってきたのだ。すぐ病院に来いと——。

『ごめん、取り乱して。とにかく、早く来て』

「い……」

『水樹くん？』

「行かない。俺が行っても……仕方ないだろ」

医者じゃあるまいし、なにができるわけでもない。ただうろうろと病院の廊下を歩き回って待つだけだ。

『なに言ってるの。お父さんの目が覚めたとき、きみがいてくれたらきっと……』

「あんたがいればいい」

ぞんざいに言い放つと、小嶋が言葉を詰まらせる。

「あいつには、あんただけいれば充分なはずだ」

いらないと言っていたのだから。子供なんか、作るべきではなかったと。

『水樹く……』

一方的に受話器を下ろす。

少し目眩がした。きっと寝不足のせいだ。なんだか立っているのがつらい。頭を抱えて、しやがみ込んでしまいたい。

小嶋の声が耳の奥に蘇《よみがえ》る。階段から落ちて……頭を打って……。

「すぐ病院に行きなさい」

そうだ、篠宮がいたのだった。

声を聞いて思い出す。水樹の様子から、電話の内容を察したのだろう。

「車を出しますから、私の店を経由して行きましょう」

「行かねえよ」

「水樹くん」

「言っただろ？　俺は親父を恨んでんだ。……母さんがあのふたりのことを知っていたとしても、親父が母さんを裏切ってたことは変わらない」

「今はそんなことを言ってる場合ではないでしょう。さあ、早く」

立ち上がった篠宮に腕を摑まれ、水樹はそれを振り払う。

「触んなよ。あんたもたいがいしつこ……」

言葉半ばで、ピシャン！　と弾《はじ》けるような音がした。

頰への衝撃と、遅れてやってくる熱い痛み……平手を喰《く》らったのだと理解するのにしばらく要した。篠宮が自分を叩《たた》くとは思っていなかったのだ。

「自分がどんな顔をしているのか、鏡で見るといい」

「な……」

「今にも泣き出しそうな子供の顔ですよ。強情で、意地っ張りな子供。ごめんなさいと言ってしまいたいのにどうしても言えない、躾《しつけ》のなっていない子供」

「このヤロ……」

「いいかげん気がつきなさい。——きみは愛されて育ったはずだ」

叩かれた頬にそっと手のひらをあてられ、水樹はビクリと身を竦ませる。

「大人たちに愛され、甘やかされて育った。その愛情を突然取り上げられたとき、さぞ傷ついたでしょうが——でもきみはもう大人なんですよ、水樹」

「あ……愛されてなんか」

「本当はわかっているはずです。でなければきみは、あれほど必死になってこの店を守ろうとはしない」

「違う、それは……そんなんじゃなくて……こんな店、俺が自分で潰してやるって……」

「本気でそんな真似《まね》をしようとする人に、あんな美味しいコーヒーは淹れられません」

「ちが……」

「水樹」

またただ。いつのまにか呼び捨てにされている。だが篠宮の声は、ごく自然に水樹の鼓膜を震わせる。押しつけがましくなく、いっそ心地よい。

「嘘ばかりついて、悪い子だ」

　見下ろされる目はとても優しい。

「きみはこの店を愛している。ご両親のことも、愛している」

「違う。ちが……」

「違うと思わなければつらいから、そう思い込もうとしているだけです」

「わからない。俺にはもう、わからない。なんだか、いろいろごっちゃになって、混乱して……わけわかんねえ……」

「わからないなら、それでもいい。とにかく病院に行きなさい。時間は待ってくれません。あとで後悔しても遅いんですよ」

　このまま、二度と父に会えなくなるかもしれない――その可能性は否定できない。脳卒中を起こした患者が、転倒して頭部をぶつけたのだ。

　父を許せないまま、父が死んでしまったとしたら……水樹はこの愛憎の絡まり合った、解けない鎖にも似た気持ちに、どう決着をつけたらいいのだろうか。

「さあ、水樹」

　誘われ、一歩を踏み出す。

　店の扉が近づく。オーク材の一枚板をゆっくり押すと、強い夏の日射しが目に眩《まぶ》しい。

　母の愛したカウベルが、水樹を急《せ》かすようにリンゴンと鳴った。

4

三段。

父の落ちた階段の数である。僅《わず》か三段。落下というほどのこともない。

「ご、ごめんね……」

顔を真っ赤にして小嶋が詫《わ》びる。

頭を打った、というのも「頭を打ってるといけないから念のため」と看護師が言ったセリフを取り違えただけだし、実際打ったのは臀部《でんぶ》であり、頭はどこにもぶつけていない。担当医師が診てくれたが、大きな痣《あざ》ができただけ。勝手に歩行訓練をしていたことをさんざん叱られたらしい父は、疲れたのか今はグースカと眠っている。

「ホントにごめん、僕すっかり慌ててしまって……」

「もう、いい」

それだけ父のことが心配だったのだ。

倒れて以来、ずっと献身的な介護を続けてきたのはこの男だ。十も年上のオッサンの面倒をひとりで見てきたのだから、物好きである。

小嶋はフゥと息をついて、眠る父を見る。

よほど焦って出てきたのだろう、足元を見れば左右の靴が違う。ある意味、母の目に間違いはなかった。この男は父になにがあろうとずっとそばにいて、父を支えるに違いない。

「……あんた今、なにしてんの」

水樹はベッドサイドに置かれたパイプ椅子に座り、すぐ横に立っている小嶋に聞いた。

「え」

「仕事だよ」

「あ……夜だけ、居酒屋に入ってるんだ。若い人が多くて、なかなか楽しいよ」

そう言って笑う顔には疲労が滲《にじ》み出ている。日中は病院にいたいから、夜だけの仕事をしているのだろう。学生の頃からずっと『石花珈琲店』でしか働いたことがないのに、慣れない仕事は疲れるに決まっている。

「……どこがいいの、あんな親父の」

「えっ……」

「べつにかっこよくねえし。金持ってるわけでもねえし」

「あ……あの……」

小嶋は困惑気味に言葉を探していたが、結局は小さく「ご、ごめん」と謝っただけだった。責めたつもりはなく、本当にどこがいいんだかという素朴な疑問だったので、謝られると水樹も困ってしまう。

「僕……そろそろバイトの時間だから」

いたたまれないのか、小嶋が洗濯物の詰まった紙袋を抱えて帰ろうとする。

「おい、待てよ」

「お父さん、もうすぐ目が覚めると思うから」

逃げるように去ってしまった後ろ姿を、水樹はしばらく見送った。

昔とほとんど変わらない。おとなしく、まじめで優しかった小嶋。ずっとおにいちゃんと呼んでいた。母が亡くなってからは、彼にかなり甘えていた時期もあった。高校に入るとさすがに「おにいちゃん」は恥ずかしくて「あきらさん」と呼ぶようになった。

……初恋の人。

柔らかな声。はにかんだような笑顔。

最初は自分でも戸惑った。きっと母の面影を追いかけているのだろうと思った。だがよくよく考えてみれば、小嶋と母はちっとも似ていない。母のほうがはきはきとして明るい性格だった。小嶋は万事控えめで、なにがあっても声を荒げることはなかった。

あの夜——抱き合う父と小嶋を見てしまった夜、水樹は母を裏切っていた父を知り、同時に自分の恋が破れたことを知った。

初恋は叶わないものだと誰かが言っていたが、それにしても自分の父親に負けるというのはショックである。

「……来てたのか」

いつのまにか、父が目を覚ましていた。

横たわる病人を見下ろすと、父もほんの一瞬水樹を見たが、すぐに天井へと視線を逸《そ》らしてしまう。

なにを喋《しゃべ》ればいいのだろう。

ふたり部屋の病室は、シンと静かだ。今朝方、もうひとつのベッドは空いたらしい。

「——三段、落ちたんだってな」

結局そんなことをぼそりと言う。

「足が滑ったんだ」

「だせえ」

「もっと練習するさ」

あんまり無理すんな……そんなセリフが頭に浮かぶが口にはしなかった。今さら優しい息子面をする気もない。父はゆっくりと身体を起こし、臀部が痛むのか少し顔をしかめた。そしてもう一度チラリと水樹を見る。

「その服は、どうした」

「服？」

「脇に靴跡がある」

軽く腕を上げて確認すると、なるほど薄いブルーのシャツの腋下《わき》にくっきりと靴の跡がついている。兄貴分に踏んづけられていた時のものだろう。

「ああ。これは、ちょっと……店でラッコが暴れてさ」

「ラッコ？」

「たいしたことじゃねえよ」

あれはあくまで水樹の借金だから、父に話す必要はない。

引っ越し費用に、新しいロースター代、さらに運悪くエアコンが御陀仏《おだぶつ》となって新品に買い換えるしかなかった。実は豆のグレードも上げていた。常連たちに、やっぱり親父さんのコーヒーのほうがうまいよなと言われたくなかったのだ。当座の運転資金にと、小嶋から渡されかけた通帳とカードは突っぱねた。そんなものに頼るかと見栄を張った結果が、雪だるまになった借金だ。

強情で、意地っ張りな子供——悔しいが、篠宮の言うとおりである。

「店でなにか……いや」

「……なに」

「いいんだ」

「なんだよ、言えよ。気持ち悪いだろ」

父は枕を腰当て代わりにして、俯《うつむ》いたままでいいんだ、と繰り返す。

「あそこはもう……おまえに任せたんだ。潰そうが、燃やそうが、好きにしろ。おまえがあの店を嫌うのは……仕方ないことだと思ってる」

「おい。勘違いすんなよ。俺が嫌ってんのは店じゃなくてあんただ」

はっきり言ってやった。

「あんたが、嫌いなんだ」

いつか言おうと思っていた。ずっと態度で示してきたが、言葉にしたのは初めてだ。

「……そうか」

父は微動だにせず、ただ目を伏せて呟《つぶや》いただけだった。

弱々しいその声に、水樹は自分が悪者になったような気がする。白髪交じりの乱れた髪、痩《や》せて尖《とが》った顎《あご》にまばらな鬚《ひげ》——親というのはずるいものだ。子供がやっと過去のクレームをつけられるようになった頃、こんなに急に年を取る。

問い詰めてなじるには、あまりに弱い存在になる。

「あんただって、俺が嫌いだろ」

つい口が滑った。バカな質問だ。あんたが俺を嫌ったから、俺もあんたを嫌ったんだと言い訳しているように聞こえる。

父はなにも答えない。沈黙が肯定に思えて、水樹は奥歯を噛《か》む。

「あんたは……俺なんかいらなかったんだもんな」

心の蓋が外れてしまう。

「俺が生まれてなけりゃ……あんたはもっと自由だったんだもんな」

重い蓋を開けて、子供だった自分がひょっこりと顔を覗かせる。

身体ばかり育ち、中身は柔で、純粋で……傷つきやすくて愚かだった。小嶋への想いを抱えたまま、告白することさえできなかった。自分のことを考えるだけで、手一杯だった十七歳の自分。

「——そんなふうに思ったことはない」

父がやっと水樹を見た。心外そうに眉間《みけん》に皺《しわ》を刻んでいる。

「嘘だね。あんた言ってた」

「言ってない。……おまえがどれだけ俺を憎もうと嫌おうと……俺は息子がいるのを後悔したことはないし、これからもしない」

あまりに頑《かたく》なに言い張られ、水樹も思わず食い下がる。

「けど確かに言ってたんだよ。俺は自分で聞いたんだ。あんたはあいつに縋るようにしながら泣き言をほざいてた。……子供なんか、作るべきじゃなかったって」

「それは」

父の顔色が変わった。あの夜のことを、父もまた覚えているのだろうか。

「それは……そういう意味じゃない」

「ハ。他にどんな意味があんだよ」

から笑いする水樹を、父が見つめる。呼吸は浅く苦しそうだった。

「水樹」

「今さらになって、言い訳すんのかよ」

「……俺は……怖かったんだ」

「……なにが」

「おまえにわかってしまうことが、だよ」

予想外の答えだった。

水樹は僅かに戸惑い、言葉の意味を問うように目を細める。

「おまえは母さんに似て優しい子供だった。だんだん成長して……大人になって……彼とのことを、いつ知られるかと思うと恐ろしかった。おまえはきっと俺を憎む。なにも知らなかった母さんを裏切っていた俺を、心底軽蔑《けいべつ》する」

語尾が震えていた。父の指が、白い上掛けをきつく握りしめている。

「俺はおまえにとってちっともいい父親じゃなかったし、そうなる自信もなかった……いつかおまえにばれる、おまえに憎まれる……それが怖くて仕方なかった。俺は親としてふさわしくない。俺は子供を持ってはいけない人間なんだと、そうとしか思えなくて……ずっと……」

泣いてはいない。

だが今にも、涙が目尻《めじり》から零《こぼ》れそうだった。親が泣くところなど見たくなくて、水樹は自分から視線を逸らす。

「おまえをいらないなんて思ったことはない」

絞り出すような声。

「俺が父親失格だというだけだ。それだけなんだ、水樹」

なんだよそれ——自分の膝を強く摑みながら、水樹は思った。親に失格も合格もあるものか。試験を受けて親になるわけじゃあるまいし、そんな戯言《ざれごと》は聞きたくはない。なんの言い訳にもならない。

それなら、叱ってくれればよかったのに。

勝手に家を出て、突然帰ってきた自分を……なにをしていたんだと、怒鳴ればよかったのに。殴ったって、よかったのに。息子だと思ってくれるなら、そうしてくれればいいのに。

ふと気がつく。

これではまるで、構われたがっている甘ったれの子供だ。俺もたいがい成長してないなと呆《あき》れる。勝手なことばかり言っているのは父も水樹も同じことだ。母はきっと、天国で苦笑を漏らしていることだろう。

「あんたがどう思っていようと——あんたが俺の親父だって事実は変わらない」

そして水樹はこの男の息子なのだ。

「申し訳ないと……思ってる。おまえにも、母さんにも」

「今さら謝られたってしょうがねえよ。時間は戻せねえしな」

帰らない人。帰らない時間。

いつのまにか、大人になっていた自分。小さくなっていた父。

ああそうか、と水樹は気がつく。

人が古い物や懐かしい場所に愛着を抱くのは、そこに戻らぬ時間と愛《いと》しい人の思い出を見ているからなのだ。

ネルを絞る祖父の姿。

豆の選別をしている父。プリンを焼く母。カウンターの隅で、宿題を見てくれた小嶋。まだ若かった、商店街の常連たち。

リンゴンと胸の奥でカウベルが鳴る。

この音を絶やしてはいけないと思った。『石花珈琲店』をなくしてはならない。あの店を、石花のコーヒーを愛してくれる人がひとりでもいる限り、続けなければならない。

カウンターに静かに佇《たたず》む篠宮を思い出す。

——コーヒーから音楽が聞こえる。

気障《きざ》なセリフだと思った。でも本当は、すごく嬉《うれ》しかった。香りのハーモニー、味わいのメロディ……その音楽を、止めてはならない。

「あの店、本当に俺の好きにしていいわけ？」

改めて、父に聞く。

「……ああ」

「そんな死にそうなツラすんなよ。……潰しゃしねえよ。ちっと、金策に困ってっから……なんか手を打つつもりでいるだけだ」

「水樹、金なら」

「いいから。あんたらの金は、あんたらが持ってろよ。病人なんだし、いろいろ金かかるだろ。……あいつだってあんまり働かせてると、ぶっ倒れるぞ」

立ち上がり、パイプ椅子を畳む。

篠宮に会わなければと思った。本気で『石花珈琲店』を立て直したいのならば、あの男の協力が必要だ。悔しい気持ちがないわけではないが、このまま水樹がひとりで踏ん張ったところで、せいぜい保って半年だろう。それでは意味がない。

「帰るのか」

「ああ」

ベッドの脇《わき》に立ち、父を見下ろす。

また来るから、と言おうかなと思ってやめておく。

また来るとは限らない。来たくなったら来るし、もう来ないかもしれない。

父を許せたとは思わない。けれどあの、胃が熱くなるような憎しみはずいぶん和らいでいた。ぐらぐらと滾《たぎ》っていた熱湯に、優しい水が注がれたかのようだ。

水を与えてくれたのは母だ。

母が許すというのなら、水樹も許すべきなのだろう。そうしてほしいときっと母も思っている。あの人は、そういう人だ。少なくとも水樹の記憶の中ではそういう人だった。

「これ、金庫に入ってた」

母のノートを、ベッドの上に置く。父は不思議そうな顔でそれを見下ろした。

「母さんからの伝言が書いてある。小嶋さんにも見せてやって」

父はノートに触らない。緊張した面持ちで、ただじっと大学ノートの表紙に視線を落としている。それこそ穴が空きそうなほどに、凝視している。

水樹はゆっくりと病室をあとにした。扉のところで振り返ると、父はまだノートを見つめていた。

混み合う外来の待合室を抜けて、病院のエントランスに向かう。

煙草が吸いたくてたまらなかった。苛《いら》つきからではない。心が少し軽くなって、脇腹が痛いにも拘《かかわ》らず、気分は悪くなかった。外に出るとすぐ、灰皿とベンチが並ぶ喫煙コーナーが設けられている。さすがに暑いので、ベンチに座る人もまばらだ。水樹は灰皿のすぐそばに立ち、ポケットから潰れかけた煙草の箱を取り出す。

一本咥《くわ》えてライターを出そうとしていると、ふいに背後から煙草を取られた。

「きみは吸いすぎです」

振り返れば、篠宮が立っている。

水樹の口にあった煙草はそのまま胸ポケットにしまわれてしまった。

「禁煙とは言いませんが、節煙を心がけないと肺癌《はいがん》になりますよ」

「なにしてんだよあんた。帰っていいって言ったじゃん。店があんだろ?」

「有藤《ありとう》は優秀ですからね。私などいなくても大丈夫」

にっこり笑って「さあ帰りましょう」と水樹を誘う。背を丸めて一服していた若い女性が、篠宮を見て背すじを正した。通りがかりの中年女性も目を奪われている。この男と一緒にいると、女性の視線がうるさいくらいに纏《まと》わりつくのだ。

「あのさ。……例の件だけど」

駐車場へ向かいながら、水樹はやや遠慮がちに切り出す。

「例の件?」

「共同経営とか……言ってたじゃん。あれ、まだその気あるのか?」

「ええ、もちろん。その気になってくれましたか?」

「……今さら銀行も商工会議所も頼れねえからな。あんたの袖以外に縋るとこねえんだよ。けど『石花珈琲店』はそのままでいいっていうの、マジ?」

「はい。多少の改装は必要だと思いますが」

遠隔操作でセルシオのロックを解除し「それと」と篠宮が続ける。

「いくつか条件があります」

「条件？　なに？」

「運転しながら説明しましょう。乗って」

スマートにステアリングを操作しながら、篠宮はいくつかの条件を提示した。

まず、『石花珈琲店』の店長は引き続き水樹が務めるが、週に二回は『ruffle《ラッフル》』に出向いてスタッフにネルドリップの指導をすること。『ruffle』の分も、豆の仕入れと焙煎については水樹が行うこと。さらに、『石花珈琲店』も禁煙にすること。

「げっ……それはちょっと」

「ここは譲れませんよ。あの狭い店で煙草の煙が充満しては、せっかくのコーヒーが台無しです。私は毎度、もったいなくて涙が出そうでしたよ。それに、きみの節煙にもなる」

篠宮はきっぱりと言った。どうやら水樹が折れるしかなさそうだ。共同経営とは言っても、事実上は篠宮が出資するのだから立場は弱い。

「わかったよ。他には？」

「利益の分配については細かい話になるので、パソコンがあったほうがいいのですが」

「じゃ、あんたんちに寄るよ。そっちが店戻らなくてもいいなら、だけど」

「私は構いません」

病院から篠宮の自宅はさほど離れてはいなかった。夏の夕暮れの中を十五分程度走らせると、まだ真新しい篠宮邸に到着する。

「……あんた、何人家族？」

二台の乗用車を置けるビルトインガレージつきの三階建てを見上げ、水樹は口を開けたまま質問する。

「両親は健在ですが一緒には住んでいませんよ。妹がひとりと、腹違いの弟がいますが、やはりここにはいません」

つまりひとりで住んでいるのか。さぞ掃除が大変——いや、家政婦がするんだろう。

「ひとり暮らしはさみしいのですが、私は自分の家族とどうも気が合わなくてね」

「へえ。なんで？」

「私はこぢんまりした生活が好きなのですが、彼らはそうではないんです」

あんたんちだってこぢんまりしてねえぞと言いたいところだが、そのへんの価値観は個人差があるので一応黙っておく。

「私は家は一軒あればいいと思うんですよ。自分の好きな街に、自分の好きな人と暮らす家。それだけで充分です。リゾートマンションだの別荘だのがいくつあっても、仕事に追いまくられて行けなければもったいないだけだし」

言わなくてよかった。なんだかスケールが違う。どうもこの男はただのカフェ経営者ではなさそうだ。

「その点、祖母とはとても気があったんです。祖母はこの街の出身でね。あなたのお店にも、いつも祖母が連れて行ってくれた」

「ああ、プリン」

そう、と篠宮は笑った。

「ここのプリンは本物よと祖母がいつも言っていました。確かに美味しかった。シンプルだけど、カスタードの風味がよくて――」

趣味のよい玄関ドアの前、篠宮は鍵《かぎ》を持ったままふいに動きを止める。

同時に言葉も止まった。

「おい？」

どうしたのだと見上げると、困惑しつつ笑い、なおかつどこか痛みを堪えているような、複雑な表情をしている。

「やはり……やめておきましょう」

「えっ？　な、どうしてッ」

「共同経営の話ではありませんよ。今夜ここで打ち合わせるのをやめておきましょう、ということです。私が提案をまとめておきますから、後日『ruffle』に来ていただいて……」

「なんだよ。なんで今日じゃダメなんだよ」

　水樹としてはサクサクと話を進めたいところである。やはり共同経営には利がなさすぎると、考えを翻されては困るのだ。

「……そんな顔で見ないでください」

「俺は前からこんなツラだぜ？」

「そういう意味ではなく……参りましたね。前に私にされたことを忘れたんですか？」

「前？」

　二秒ほど考えて、アッと思い出す。

　そうだった、こいつは人を嚙んだりする危ないオッサンなのだった。思い出した途端、つい一歩後退してしまった水樹を見て、篠宮は笑顔のまま顔をやや伏せる。

「そういうことだから、今日はお帰りなさい」

「……で、でも」

　でも、なんなのだ。

　自分でなにを言おうとしているのかわからないのに「でも」と口走っている。回れ右してとっとと帰ればいいのに、そうしないのはなぜなのか。篠宮の機嫌を損ねるのが怖いのだろうか。

「共同経営の件ならば心配は無用です。私はきみの腕前に惚れ込んでいるのですから」

水樹の考えなど、すべてわかっているかのように篠宮が言った。

「さあ、行きなさい。ここから駅までの道はわかりますね?」

「わかるけど」

「また連絡します」

「ち、ちょっと待てよ」

背を向けようとする篠宮の袖を引いて引き留める。引き留めたはいいが、その先はなにも考えていない。

そうだ、今日の礼を言わなければ。取り立てラッコたちから助けてくれたのはこの男だ。ありがとうと言わなければ——。

なのに舌が動かない。

篠宮が水樹を見ている。もう笑っていない。

しばらくじっと見つめられていたが、やがて篠宮は水樹の手をそっと外し、玄関扉を大きく開いた。

ゆっくりと、一歩だけ中に入る。

「オートロックなので、閉まったらすぐ鍵がかかります」

片手で扉を支え淡々と言う。笑っていなければ整っている分冷たい印象の容貌なのだと、水樹は初めて気がついた。

「もしきみが私の家へ……私のテリトリーに入ってきたら、明日の朝まで帰してあげるわけにはいかない」

　低い声に、水樹の背中が粟立《あわだ》つ。

「私の嗜好《しこう》については、ある程度わかっていますね？　納得ずみならば歓迎します。けれど無理強いはしません。再三ですが、ここできみが帰ってしまっても、共同経営にはなんの支障も生じません。私はそんな器の小さな人間ではない」

　少しずつ、扉が閉まっていく。

　蝶番《ちょうつがい》の軋む音ひとつもなく、ただ静かに隙間《すきま》は狭くなっていく。

「あっ……あんたはっ」

　いつもより甲高い声になってしまった。篠宮は一度扉を止め、水樹の質問を待った。

「あんたは、俺のこと、その……」

「好きですよ」

　答えはあまりにあっさりと返ってきた。水樹が拍子抜けしてしまうほどだ。呆然《ぼうぜん》として篠宮を見ると、僅かに首を傾《かし》げ「大丈夫。片思いには慣れていますから」と微笑む。再び扉から手が離れ、三和土《たたき》に立っている篠宮の姿はもはや半分しか見えない。

　思わず水樹は隙間に手を入れた。

　扉を大きく開き、一歩を踏み出す。

境界線を越える。

いいのかよ、と問う声が自分の中から聞こえた。そんなこと、水樹にだってわからない。ただこの扉が閉ざされるのがいやだったのだ。胸が苦しくなったのだ。

大理石の三和土に両脚が接地する。

その瞬間、水樹は攫《さら》われるように抱き竦められた。


——身体が、動かない。

いや正確には動く。動こうと思えば、かなりの範囲で動くのだろう。縛られているといってもがんじがらめではない。

たった一か所の、柔らかな布の拘束。

「なんで、こんなこと……すんだよっ……」

「好きだから」

水樹を見下ろして頬を撫でながら、愉しそうに篠宮が答える。

「好きな人を苛《いじ》めるのが好きなんだ」

いつもは紳士的で丁寧な篠宮の口調が、ベッドの上ではややくだける。

「……たとえばこんなふうに、恥ずかしい格好をさせたりするのが」

「ちょ……やめっ……！」

片手で難なく、脚を広げられる。

縛られているのは右手首と右足首だ。つまり、右の膝が深く曲がった状態になっている。その上、脚を広げられては、水樹はどこも隠しようがない。慌てて身体を捩《よじ》り、逃げを打つが、軽くウエストを押さえられただけで動けなくなる。

「やめろって！」

寝室の明かりは灯《とも》ったままだ。水樹は全裸だというのに、篠宮はきちんと服をつけている。それがたまらなく恥ずかしい。

「きみがなにを言おうと、やめてやれない。それに、ここはもう反応してるじゃないか。……感じやすいね、水樹」

「あっ……」

先端を擽《くすぐ》られて、顎が上がる。

篠宮の指摘は間違っていない。水樹のそれはもうずいぶん前からはっきりと反応を見せていた。厳密には、シャワーのあとでバスローブを脱がされた時からだ。耳の輪郭を唇で辿《たど》られつつ紐《ひも》を解かれたあの時から、水樹の身体はずっと熱を持ったままでいる。

「顔が赤いな。恥ずかしい？」

「こ……こんなんされて、恥ずかしくないわけがねえだろうがっ！」

「わかった。では恥ずかしくないようにしてあげよう」

そう言って篠宮が手にしたのは、黒いスカーフだった。

「なにす……あ、あっ……やめっ、擽ったいって……ッ」

水樹の腹から胸にかけて、スカーフの先端がゆっくりと行き来する。とろりとした絹の感触がたまらず、自由な左手で払おうとするのだが、篠宮はそれを許さない。

左手を握られ、そのままシーツに固定される。右は拘束により動きを制限されているので、左を押さえられればほぼ完全な無防備状態だ。

「ひゃ……あっ、んんっ……やだ、やめっ」

「見てごらん水樹、きみが悶《もだ》えるときみのペニスも一緒に揺れる……可愛いね」

「ば、バカやろ……、もうやめ……っ」

擽ったいだけではなかった。

布地が胸の尖りを掠《かす》めると、誤魔化しようのない快感が湧き起こる。思わず息を呑《の》んだ水樹を篠宮は見逃さなかった。口元を引き上げると、ふわりとシルクを胸に被《かぶ》せ、布地を押し上げている突起に顔を近づける。

「あっ……！」

強く吸いつかれた。

薄い布越しに篠宮の舌を感じて、声を殺せない。

軽く歯を立てられれば、腰骨までが甘く痺《しび》れる。

「ん、あ……」

「膨らんでる」

指先でクリクリと摘み出され、篠宮が小さく笑った。獲物を弄《もてあそ》ぶ美しい獣の顔だ。その表情を見る度に、水樹の胸は高鳴ってしまう。獲物はまさしく自分で、今や喉笛《のどぶえ》に喰らいつかれる寸前だというのに……見とれてしまう。

胸からスカーフが離れる。一部濡れたその布で、篠宮は水樹の目を覆った。

「な、に……」

「見えないほうが恥ずかしくないだろう?」

そんなことはなかった。見えなければ想像力がより強く働いてしまうからだ。膝の裏に手がかかる。先ほどよりなお高く脚を掲げられ、水樹は声もなく喘《あえ》いだ。わかる……感じる。一番奥まった部分を、篠宮が凝視しているのがわかる。

「い……やだ」

「なにが?」

「み、見るな」

「見るよ。もっと見せてごらん、水樹」

「あッ」

指で、そこを押し拡げられる。

「ああ、よく見える……思ったより慎ましい色だ。最近使ってなかったのかな?」

「やめ……やめろよ……っ」

通常は隠されている粘膜が空気に晒《さら》され、軽くひりつく感覚があった。そのひりつきを慰めるように、熱くて柔らかなものが押し当てられた時——水樹はたまらずに懇願した。舐《な》めないで、頼むから、そんなことはやめてくれと。

だが篠宮は水樹の願いをまったく無視して、淫靡《いんび》な水音を立て続ける。押し入ってくる舌に驚いて、水樹の小さな孔は収縮し、それを篠宮が「いやらしいね」とからかった。

「……あっ……あ……」

どうにかなってしまいそうだった。

初《うぶ》なふりをするつもりなどない。今までに水樹は複数の男と性的な交渉があったし、中には一晩限りの相手もいた。水樹にとってセックスはスポーツに近く、適度に汗をかいてさっぱりし、あっけらかんと楽しむものだった。ベッドで陰部を晒すことに大した抵抗はなかったし、恥ずかしいという感覚も弱かった。

なのに、今は……。

「やっ……やだ、いやだ」

「なにがいやだって?」

舌先が移動し、今度はふたつの膨らみを嬲《なぶ》り始める。

「う、あ……ちが……こんな、の……ヘン、だ……」

「どう変なんだ?」

「違う、こんなの俺じゃ、な……あっ……!」

屹立《きつりつ》に篠宮の指が絡みつく。

「これがきみなんだよ、水樹」

軽く上下に擦られ、泣き声のような喘ぎが漏れてしまう。

「自分で気がついていなかっただけで、きみはこうされるのが好きなんだ。きみがこんなに感じやすくて、いやらしくて、私はとても嬉しい。ほら、ここも——すごい」

篠宮ははちきれんばかりになった水樹の性器をいじくりまわしながら、淫猥《いんわい》な言葉でその形状や、どれほど濡れているかを語った。

「口を開けなさい」

そして命ずる。声の位置が変わったので、身体を起こしたのがわかった。

「や……い、や……」

「水樹。口を開けるんだ」

それでも首を横に振ると「悪い子だね」と篠宮が呟く。

どこか嬉しそうに聞こえたのは、水樹の気のせいだろうか。

「悪い子には、罰を与えないと」

「あぁッ！」

いきなり、バチンと大腿部《だいたい》を叩かれる。

柔らかな内股に喰らう平手打ちは想像以上の衝撃だった。まずカッと熱さがきて、そのあとじわじわと痛みが襲ってくる。

耐えきれないほどの痛みではない。

だが、こんな格好で……脚を思う様広げられ、目隠しをされて、興奮した性器を露出したまま叩かれているのだという倒錯感が水樹をすっかり動揺させていた。

「痛いか？」

「い、痛い……あ、あァ！」

続けてもう二発。左右の内腿《うちもも》をひとつずつ打たれた。

「言うことを聞かないからだよ、水樹」

「あ……あ……」

「さあ口を開けて。私の指をきれいにしなさい。きみが汚したんだから」

顎関節がうまく動かない。

それでも水樹はなんとか口を開いた。最初から二本の指を挿入され、少し苦しい。

苦しいのに、不思議な安堵を感じる。

自分の身体の虚《うつ》ろな部分が埋まって安心する。母の乳房を得た幼子のように、水樹は夢中で篠宮の指を吸った。

「そう……いい子だね」

「ん……っ……う……」

「本当は欲しかっただろう?」

そうかもしれない。こんなふうにされたかったのかもしれない。ぴちゃりと音をたてながら水樹は頷《うなず》いた。篠宮に命令されるのは、いやではなく——むしろ心地いい。

「水樹は甘えん坊だからね」

篠宮の声も嬉しそうだった。

「甘やかしながら……ちゃんと躾けてくれる恋人が必要なんだ。そうだろう?」

「あっ……んん」

篠宮の指が出ていってしまう。それがさみしくて、水樹はねだるような鼻声を出した。

「手を解いてあげるから、四つん這《ば》いになりなさい」

目隠しはそのまま、手足を繋《つな》ぐ布が外される。言われたとおりにしようと思ったのに、ずっと曲げられていた関節は言うことをきかず、水樹はベッドの上でぺしゃんと崩れそうになる。

ふふ、と篠宮が笑った。

「ほら水樹、こうだよ。そう……額はシーツにつけて、もっと腰を上げて。脚は開く」

篠宮が手を貸してくれる。

その導きのまま、卑猥《ひわい》なドッグスタイルを取らされた。自分の奥深く、もうひとつの虚ろな孔を水樹は強く意識する。ここも塞いでほしい——淫《みだ》らな期待を抱く自分に気がつき、熱は増すばかりだ。

「水樹」

背中にキスされて、ビクンと震えた。

キスは滑るように肩まで上がってきて、篠宮の歯が柔らかく食い込んでくる。

もっと。もっと噛んでほしい。

怖いけど、痛いけれど——もっと。

「きみの中を、何度も想像した」

落ち着いた口調とはうらはらに、熱く昂《たかぶ》った切っ先があてがわれる。

「きみの内側……粘膜の感触。まだ誰も入っていないほどの、深い場所……」

「あ……あぁ……」

それはまだ本格的に潜り込もうとはせず、潤滑剤を塗り込めながらゆっくりと押し当てられるだけだ。我知らず腰が蠢《うごめ》いてしまい、水樹は自分の貪欲《どんよく》さを思い知る。

「欲しい？」

かくかくと頷いた。

有藤の言葉を思い出す。牙を、隠してます……本当だった。獲物を狂わせる甘い牙。

この男に貫かれたい。

食べられてしまいたい。

内臓をかき乱され、肉をちぎられるように——愛されたい。

「いい子だ」

ちゅっ、と肩口に口づけられる。

「一番奥まで届いたとき……ここを強く噛んであげよう。この間みたいに」

低い囁《ささや》きに、肌がチリチリと反応する。

そんなことをされたら、きっとおかしくなってしまう、自分を制御できなくなってしまう。

それが怖い。怖いのに、欲しい。欲しくてたまらない。牙が食い込む瞬間を心待ちにしている自分に、水樹は戸惑う。

だがすぐに、戸惑いなど消し飛んだ。

灼熱《しゃくねつ》の凶器に深く犯され、水樹は甘い叫びをあげるだけで精一杯になる。

やがてその声が掠れて、身体が頽《くずお》れてしまっても——篠宮は獲物に深く牙を食い込ませたまま、離そうとはしなかった。

EPILOGUE

私にはふたつの夢があった。

ひとつはカフェを開くこと。もうひとつは私を愛し、この性癖を受け入れてくれるパートナーを見つけること。

美しくて、負けん気の強い人がいい。

意地っ張りで強情だが芯《しん》は優しく、ゆえに脆く、しかもそんな自分をわかっていないタイプ。

誰かに命じられたり、口を出されたりするのは大嫌いなくせに、心のどこかでそれを待っている。もちろん、信頼できる相手の言うことでなければ聞くはずもない。

気まぐれな猫のようなところがあるから、扱いには注意が必要だ。

いきなり首根っこを摑んで屈服させるなどもってのほか。だが優しくしすぎてもいけない。

ときにはぴしゃりと叱り、小さな罰を与え、少しずつ私の匂いに慣れさせる。

「ますますご機嫌ですね」

「ああ。ますますご機嫌だとも」

いつもクールな私の右腕は黒板にランチメニューを書きながら、呆れた顔を見せる。

今日のランチはエビとアボカドのサンドイッチ、わさび風味ソース。

自家製ピクルスと、ポテトの重ね焼き添え。デザートは秋を先取りしてマロングラッセのアイスクリームだ。

「人生の夢がふたつとも叶ってしまったんだからね。有頂天にもなるさ」

「まだ本性をすべてお見せになったわけではないでしょう？　逃げられないように気をつけてくださいよ。今や『ruffle』にも欠かせない方なんですから」

有藤の言うとおりである。

水樹が共同経営の話を受け入れてから一か月が経った。

現在『石花珈琲店』は大改装中だ。コーヒー通のための専門店として以前の雰囲気を残したまま、趣ある店作りにする予定である。明かりを効率よく取り入れようと母屋にしている二階部分も改築してしまったため、水樹は私の自宅に居候している。ときどき隠れて煙草を吸っているのを知っているが、今のところは見て見ぬふりだ。本数はだいぶ減り、髪からはもうシャンプーの香りしかしない。

日中、水樹は『ruffle』で働いている。

ギャルソン姿の水樹を初めて見たとき、私はその場で押し倒したくなるのを堪えるのに苦労したものだ。

「苛めすぎないようにしてもらわないと。昨日も寝不足でつらそうでした。水樹さん目当ての女性客も多いんですから、目の下にクマは困ります」

「気をつけよう。……だが、愉しくてね。美しい猫をいじめるのは実に愉しい。もちろん、猫がいじめられたがっていることが前提になければならないが」

「……まったく、サディストのくせに紳士だから始末に悪い」

独り言のように聞こえるぼやきは、もちろん私へのクレームなのだが、あえて聞こえないふりをして話を変える。

「で、私の猫は？」

「買い出しに行ってもらっています。トマトが足りなくなりそうなので」

なんだかんだ言いつつも、有藤はいろいろと協力してくれた。もし水樹が『ruffle』を訪れたら、わざと釘を刺してみてくれと頼んだのは私である。私の性癖をただの恐怖にしか感じられなければ、残念ながら水樹は諦めなければならないと思っていた。これればかりは相性というものだから、どうしようもない。

ただし、有藤が注意を喚起していたにも拘らず、水樹が一歩を踏み出したならば――もう躊躇《ためら》うつもりはなかった。

今のところ、水樹はまだ戸惑っている。

私の大切な猫は、自分に隠された嗜好をなかなか認めることができないのだ。焦るつもりはない。時間はたっぷりある。

「黒板を出してくるよ」

店の外、初秋の風がタブリエを揺らす。

いつもこの時間に大きな犬を散歩させているご婦人が「おはようございます」と声をかけてくれる。私もにっこりと挨拶《あいさつ》を返した。

藤井沢《ふじいさわ》は祖母の地元であり、私にとっても懐かしい故郷だ。

私の両親は悪人ではないが、あまり子供に関心を示さなかった。その代わりに私を可愛がってくれたのは祖母である。成城《せいじょう》にある自宅や、目白《めじろ》にある祖父の大きな邸宅より、私はこぢんまりとした祖母の生家が好きだった。夏休みには長く滞在して近所の子供と毎日遊び、真っ黒になったものだ。

その祖母もとうに亡くなり、長じた私は藤井沢に赴くこともなくなった。なのにカフェを出したいと思ったとき、一番にこの街を思い出したのは……つまり、縁というものなのだろう。

黒板をイーゼルに立てる。

今日もランチは完売するだろう。さっき試食してみたが、アボカドとわさびのソースが絶妙なマッチングだった。

「……うまそうじゃん」

ぼそりと呟いた声に振り返れば、真っ赤なトマトの入った籐籠《とうかご》を抱えて、私の愛猫が立っている。

「お帰りなさい。制服のまま買い物に行っていたんですか?」

「……着替えんの面倒くせえし」

「商店街で注目を浴びたでしょう。きみはすっかり人気者だから」

言っているそばから、駅に向かう若い女性が水樹に見とれている。

真っ白いシャツに黒いベストとボウ・タイ。水樹は本当に制服がよく似合う。金茶に近かった髪は品のある濃茶に染め直したが、長さはあまり変えていない。髪の手触りがとてもいいからだ。風呂上がりの水樹の髪を乾かして梳《す》くのは、私の大切な仕事のひとつである。

「午後の休憩に、向こうの工事の進み具合を見に行きましょうか」

「そうだな」

「完成したら、きみは向こうに行ってしまうんですね。少しさみしいですよ」

「……バッカじゃねえの」

プイと顔を背けて水樹が言う。

気をつけなさい、と始終言っているのに水樹の汚い言葉遣いはなかなか直らない。客に対してはとても丁寧に対応できているのだから、私の前でだけはわざと直さないのかもしれない。まるで叱られたがっているかのようで、私は口元のにやつきを殺すのに苦労する。

「駅越えてすぐだろ。それに、どうせしょっちゅう俺のコーヒーを飲みに来るくせに」

「もちろんそのつもりです」

「……あんま、サボんなよ。こっちにはあんた目当ての客だって多いんだぜ」

「きみと離れていると心配なんですよ」

「なにが」

「私は嫉妬《しっと》深いんです。きみに抱えられているそのトマトにも嫉妬しそうだ」

「はあ？　あんたおかしいんじゃねえか？」

ぶっきらぼうに言いながら水樹は店に入ろうとした。

私は両手の塞がっている彼のために扉を開け、その耳が赤くなっていることに満足した。有藤が「お疲れ様」とねぎらいの声をかける。

さて、開店五分前だ。軽やかな音楽を店内に流し、私は扉近くの立ち位置を確保する。髪の毛が一本落ちていたのでそっと拾い、捨ててから手を洗い直し再び定位置へ。水樹と有藤はカウンターの中だ。ふたりの立ち姿は凜《りん》として、とても美しい。自慢の恋人とスタッフである。

カフェ『ruffle』――ここは私の王国だ。

王は今日も客のことばかり考える。心地よく過ごしてもらえるだろうか。ドリンクやフードには満足してもらえるだろうか。お腹が空いているならば、当店自慢のランチをお試しいただきたい。

そして近々、もうひとつの王国が駅向こうに誕生する。

コーヒー通ならば是非そちらへもお運びを。ただし美しい店主は見るだけで、決して触れたりはなさいませんように、重々お願い申し上げます。

ギャルソンの騙し方

PROLOGUE

「倫《りん》くん？」

呼びかけに顔を上げると、初めて見る男の顔があった。

隣で叔母が「お兄さんよ」と囁《ささや》く。

ああ、これが僕の兄なのか――さんざん聞かされていた、あの。

「お母さんは残念だったね。……大丈夫？」

くだらない質問だと思った。

たった十一歳で母親が死んで、大丈夫なはずがないじゃないか。

そりゃ確かに長患いで、もう長くはないんだろうなという覚悟はあったけど、でもそんな覚悟、なんの役にも立たない。

覚悟というのは、悲しみの嵩《かさ》を減らせるものじゃない。

ただ、やがて訪れる瞬間に、いくらか取り乱さなくなるだけのことだ。

「倫くん。きみ、うちに来るかい？」

十違いの異母兄が言う。

つまり彼は二十一歳のはずだが、とても学生には見えなかった。

妙に落ち着いた風情《ふぜい》の男で、背は高く、肩幅は広く、周囲の大人たちと同じ喪服を纏《まと》っているのに際だって見目が良い。同じ父親を持つというのに、ちっとも僕と似ていない。僕はクラスでも小柄なほうだったし、顔つきも、いつまでも少女のようだった母譲りだ。

——おまえには兄さんがいるのよ。

ずっと母に聞かされていた。

物心ついた頃から何度も何度も、それこそ耳にタコができるほど聞かされていた。

——とても頭のよい子で、バイオリンとピアノが得意なんですって。

だから僕も塾に行って、バイオリンを習うの？

それからピアノも習わなくちゃいけないの？

けど、お母さん……僕はサッカーのチームに入りたいんだ。

——だめよ、倫。いつか兄さんと会った時、恥ずかしくないようにしておかないと。

恥ずかしくないようにって？

——だって、兄が優秀なら弟も優秀でないと。そうすれば、きっとお父さんも喜ぶわ。大きな会社を経営している方だから、おまえたち兄弟でその会社を継ぐのよ。もっともっと大きな会社にするのよ。

いいよ、会社なんか。

そんなの関係ないよ。僕にはお父さんなんかいないもん。

——なにを言うの倫。いるわ。一緒に暮らせないけど、ちゃんといるのよ?

いなくていいよ。いらないよ。

だっておかしいよ。お母さん、お父さんと結婚してないんだろ、愛人なんだろ。そんなお父さん、いらないよ。

……ああ、ごめん。

母さん、ごめん。泣かないで。

ねえ、泣かないで。もう言わないから……泣かないで。

「倫くん、一緒に暮らそう。父もきみを待ってるし、お母さんもきっと安心する」

兄の言葉が僕を現実に引き戻す。

泣き虫だった母は、もう棺の中だ。

「ね、そうしよう」

僕を見る兄の目に、悪意はなかった。愛人の子だと、蔑《さげす》む色もなかった。それは子供だったた僕にもよくわかった。あるいは子供だからこそ、敏感に察知したのかもしれない。

彼の瞳に溢《あふ》れるのは、優しさと、同情。そして憐憫《れんびん》。

……どうしようもなく、むかついた。母さんが可哀想でたまらなくなった。

「行かない」

僕は答えた。

「あんたとなんか、絶対に行かない」

強い口調でもう一度言った。横にいた叔母が「倫ちゃん」と窘《たしな》めるような声を出したが、兄はただ微笑《ほほえ》んだだけだった。

誰が行くもんか。

あんたたちの助けなんか、いらない。

待ってろよ。あんたを追い越す大人になってやる。愛人の子のほうが、出来がいいと周りに言わせてやる。

そうしたら、やっと母さんは天国で笑えるはずだ。

よくやったわね、と僕を誉《ほ》めてくれるはずだ。

1

「やっぱり、僕はここのコーヒーが一番好きだな」

カウンターの端から聞こえてきたセリフに、水樹《みずき》は耳を澄ませる。

「香りと味に濁りがないっていうか……すっきりと気持ちよくて、個性が際だってて、かといって押しつけがましさもないんですよね」

優しげな声の賛辞に心が躍る。

つい顔がにやけそうになるのを堪《こら》えて、ネルを熱湯にくぐらせた。

カウンターの中では、店主はあくまで涼やかに。客の話は聞こえないふりが基本。愛想はよくていいが、客にへつらうことはしない。コーヒーを淹《い》れる者と、コーヒーを飲む者が互いに尊敬しあう関係がもっとも望ましい——これらは今は亡き祖父の教えである。

まだ二十六の水樹にはかなり難しい理想だが、五十歳くらいまでにはそんなふうになれたらいいなあと思っている。風格ある喫茶店の、渋いマスターだ。

……待てよ。俺が五十になったら、あの人は六十二？

白髪交じりになった恋人を想像して、口元を手で覆《おお》う。

危うく、笑い声が漏れてしまうところだ。渋いマスターへの道は険しい。

「ランチのあとにここでコーヒーを飲むと、午後も頑張ろうっていう気になれるんです」

声の主は穏やかな風貌をした三十前後の男性客で、四回目の来店になる。最初はひとりでやって来たが、二度目からは今日も伴っている女性と一緒だった。

「同感だわ。あたしもここのコーヒーは大好き。どれも美味《おい》しいから、いろんな豆をひととおり試してみたくなっちゃう。今日頼んだグァテマラも初挑戦なの」

女性のほうは男性より年上に見える。

飾り気のない笑顔が好印象な人で、会話の様子からして彼の上司なのかもしれない。ふたりはいつも午後二時半頃にやってきて、きっかり三時十分前には帰って行く。昼休みが通常より少し遅い仕事なのだろう。

「でも三和《みわ》先生、北口の『ruffle《ラッフル》』もなかなかよ」

「ああ、ランチの美味しいお店。要《かなめ》先生はあそこがお気に入りでしたよね」

「女心をくすぐるランチなのよね。デザートまで手抜かりなし、って感じで」

互いを先生と呼んでいることから察するに、教師か医師なのだろうか。

「『ruffle』も開店当初は普通のコーヒーを出していたんだけど、このあいだランチセットのドリンクでブレンド頼んだら、すごく香りがよくなってたの。そう、ちょうどここのコーヒーに似た感じで……。あ——あれ？」

要先生と呼ばれた女性がまじまじと水樹の顔を見ている。どうやら気がついたようだ。

水樹も彼女を見て「ええ」と微笑みながら頷《うなず》く。

「そっちでも、週に何度か僕がコーヒー淹れてますよ」

「あー、やっぱり！　どこかで見たことのあるギャルソンくんだなあと思ったのよ！　それであそこのコーヒーも美味しくなってるのね」

「うちと『ruffle』は兄弟店みたいなものなんです。僕はだいたい一日おきで、ここにいたり、あっちに出たり……。はい、グァテマラお待たせしました」

白磁に色とりどりの花が描かれたカップを、静かにカウンターに出した。

要先生はクンと鼻を鳴らして「いい香り」と口元を綻《ほころ》ばせる。グァテマラは高地で採れる豆で、爽《さわ》やかな酸味が特徴だ。もちろん酸味が強すぎてもよくないので、味のバランスには気を遣う。水樹は尖《とが》りすぎない酸味を楽しめるドリップを心がけていた。

「……美味しい。すごく美味しいわ。どっちかっていうと酸っぱいコーヒーは苦手だったのに、これはぜんぜん平気！」

「ありがとうございます。お客様はいつものブレンドですね。こちらになります」

三和先生のほうには、青白磁のカップを出す。品がよくシンプルな佇《たたず》まいが、なんとなくこの人に似合う気がしたのだ。一月も後半の今日は、曇り空で気温もずいぶん低いので、いつもより丸みのあるドリップにしておいた。こんな日は気持ちだけでも温かくなって欲しい。

「ああ……今日も美味しいです。このへんがほっこりしますね」

　自分の胸のあたりを指して三和先生が言った。

　たまたま他の客がいなかったこともあって、そこから先は水樹も会話の輪に入る。ふたりは駅からほど近い歯科医院に勤務しているそうだ。

「歯医者さんでしたか。もうずいぶん行ってないなあ」

「おや、いけませんね。虫歯は自覚症状が出たらかなり進んでいるものです。痛くなくても、定期的なチェックをおすすめします。うちでよければいつでもいらしてください」

「そうですね。三和先生みたいに優しい歯医者さんなら安心だし」

　水樹の言葉になぜか要先生が微妙な笑みを見せた。どうしたのだろうとその顔の意味を考えるより早く、「そういえば」と別の話題が持ち上がる。

「駅の近くに新しいカフェができたわね」

「ああ、できましたね。南口のところでしょう?　こう、英国調の邸宅のような店構えの……ええと、なんていう名前だったかな」

　思い出せない三和先生の代わりに、水樹が『manorhouse《マナ・ハウス》』ですね、と答える。

「それそれ。『ruffle』とは駅を挟む感じになるかしら。先月はチェーン店系のところがオープンしたし、ずいぶん藤井沢《ふじいさわ》にもカフェが増えたわよね」

「住民としては便利でありがたいですが……競争になると大変でしょうね」

　三和の問いに「どうでしょうね」と水樹は首を傾《かし》げる。

「ウチのようなタイプの店はあまり関係ないかな。このとおりの小さな店だし、常連さんがほとんどですから」

「ツウ好みの老舗《しにせ》ですものねえ」

「支えてくださるみなさんのおかげです」

一時は自らの手で潰《つぶ》そうとまで思った店だった。

幸福と不幸、喜びと悲しみが詰まったこの小さな空間——それを失わずにすんだのは、篠宮《しのみや》のおかげだ。

水樹自身が忘れかけていた店への愛着、そして家族への愛情。言葉にすると気恥ずかしいばかりだが、なくしてはならない大切なものを、篠宮は水樹に思い出させてくれた。

内装は生まれ変わったが、『石花珈琲店《いしげコーヒー》』に流れるゆったりとした時間は変わらない。扉にかかる古いカウベルもまた、変わっていない。リンゴン、と優しい母の声のように、客を迎え入れている。

「『manor house』は一度女の子たちと行ったけど、スイーツの種類が多かったわね。ケーキが八種類くらいあったかな。みんなでいろいろ頼んでつつきあったけど、どれもなかなか美味しかったわよ。ただし肝心のコーヒーがねえ」

「美味しくなかったんですか?」

三和先生の問いに、顔をしかめた要先生が「よく煮てありますって感じ」と答える。

おそらくはまとめてドリップし、保温しているのだろう。当然、一杯だてで出している店と比べれば、雲泥の差になってしまう。

「まあ安いから、仕方ないのかも。ケーキセットで七百円だもの」

「うちのブレンドが六百円ですから、お手頃価格ですね」

「でもここのコーヒーは価格以上の価値があるわ。『manor house』の場合、七百円はほとんどがケーキ代っていう印象ね」

確かに煮えすぎのコーヒーでそう高い価格設定は無理だろう。

しかし、ケーキが目当ての客にとっては、ドリンク込みで七百円は魅力的に映るのではなかろうか。コーヒーがひどいなら、代わりに紅茶を選択するという手もある。『石花珈琲店』では今のところスイーツは出していないが、『ruffle』にはケーキセットがあり、価格設定は九百円だ。『manor house』より二百円も高い。

「それから、これはうちの受付嬢が気がついたんだけど」

サービスで出しているアイスボックスクッキーを囓《かじ》りながら、要先生が続けた。

「『manor house』は店員を顔で採用してるんじゃないかって」

「顔？」

「フロアに出てるのが若くて可愛い子ばかりなのよ。男の子も女の子も。制服もちょっと素敵だし、あれはビジュアル戦略なのかしらね――あら、もうこんな時間」

隣で三和先生も腕時計を見て「本当だ」と慌てて席を立った。午後の診療が始まる三時が、間近に迫っている。

「お喋《しゃべ》りが楽しくて、つい時間を忘れちゃった。また来るわね」

「ありがとうございました。お待ちしております」

軽く手を振る要先生と、微笑みながら会釈する三和先生を送り出し、水樹は無意識のうちに大きなため息をついていた。

――『manor house』か……。

水樹が子供の頃には、藤井沢の街には個人経営の小さな喫茶店しかなかった。駅に急行が止まるようになり、周辺が整備され、小洒落《こじゃれ》たマンションが増えてきたのが十年ほど前だろうか。フランチャイズ店系のカフェがそれなりの面積を持つ店を出し、シアトル式カフェの店舗も五年前から駅構内で営業している。

さらに半年前、北口の一等地に『ruffle』が誕生してあたりの光景を一変させた。お洒落なカフェにつられるように、女性の好みそうな雑貨店やブティックなども開店している。

三か月前にはシアトル式カフェの二号店がやはり北口に出張ってくる。そして今回は南口から徒歩一分に『manor house』の登場だ。

「てことは、だ」

ひとり呟《つぶや》きながら、水樹は指を折り始める。

「北口『ドフール』に『スターラックス』二号店、それから『ruffle』だろ。南口に『タローズ』に『manor house』、少し離れて『石花珈琲店』……」

駅構内の『スターラックス』一号店を加えると、藤井沢駅周辺には七軒のカフェがひしめいている状況になるわけだ。

——これって、どうよ。多すぎじゃねえ?

カウンターを拭きながら思案していると、カウベルが鳴る。

「いらっしゃいま……あ、なんだ」

「ああ」

客ではなかった。ニット帽を取った父が「外は寒いぞ」とぼそりと呟く。これが「ただいま」の代わりなのだ。

「早かったじゃん。昼飯は?」

「駅前のラーメン屋で食べてきた。おまえ、もうあっちへ行っていいぞ」

あっち、とは『ruffle』のことだ。

水樹は、火・木・土・日は『ruffle』でコーヒーを淹れている。今日は木曜なので本来ならば向こうにいるはずなのだが、父の通院日と重なったため、数時間だけ『石花珈琲店』の店番をしていたというわけだ。

父は二か月前に退院した。

まだ足を引きずる後遺症は残っているが、この店でコーヒーを淹れることは父にとってなによりのリハビリとなっているのだ。もちろん、ドリップの腕前は落ちてはいないし、小嶋《こじま》もちょくちょく手伝いに来てくれている。

父と水樹の関係は、完全に修復されたわけではない。

心のわだかまりはそう簡単に消えはしない。だが少なくとも、父がこの『石花珈琲店』を、心から大切に思っているのは事実だ。そして水樹のコーヒーを淹れる腕前が、まだ父に勝っていないのも事実だ。

だから、水樹はこの店を再び父に託した。『石花珈琲店』の店長は父だ。篠宮への返済は、父と水樹のふたりでしている。父は自分だけで返すと言い張ったが、そこは水樹も譲らなかった。店のためとはいえ、借金をしたのは水樹なのだ。

黒地にIshigeと赤く染め抜いた前掛けをキュッと結び、父がマスターの顔になる。逆に水樹は前掛けを外し、ロッカーからジャケットを取りだした。

「じゃ、行ってくる」

「ああ。……篠宮さんに、よろしく伝えてくれ」

父の無口ぶりは相変わらずだが、篠宮に対する信頼は大きいようだ。もしかしたら、水樹と篠宮の関係に気づいているのかもしれないが――そのへんは聞いたことはないし、聞けるはずもない。

「うわっ、マジ寒ッ」

店を出た途端、一月も末の風にうなじを撫《な》でられて震える。それでも空は冬特有の澄んだ青が広がっていて、仰ぎ見るのは気持ちがいい。

商店街の顔見知りと挨拶《あいさつ》を交わしながら、『ruffle』へと急ぐ。

ベーカリーのある角まで来て、水樹はぴたりと足を止めた。どうしようか、と二度足踏みをしてから、クッと顎《あご》を上げて真っ直ぐに進む。いつもなら右に曲がって近道をするのだが、今日はあえて回り道を試みる。『manor house』の前を通過するためだ。

次第に駅が近くなり、人と車の往来が増えてきた。遠くからでも目立つ店舗の前までさしかかると、水樹は歩調を緩める。

さり気なく、店の様子を窺《うかが》う。あ、こんなところにカフェができたんだ、ふーん、どんな店なのかなあ……という素振りを心がけた。

店の名の意味を、最初水樹は理解していなかった。つい先日、『ruffle』のカウンターで「へんな名前だよな。マナーにうるさい店、ってこと?」と言ったら、有藤《ありとう》が眉毛をヒクリと動かし、クールな口調で「違います。領主の館《やかた》という意味です」と教えてくれた。

横で篠宮が必死に笑いを堪えているのがわかって、ちょっとむっとしてしまった。

総面積は『ruffle』と変わらないくらいだろうか。石造りの英国邸宅をイメージさせる外観、エントランスの敷石は大理石風になっている。

ところどころグリーンの植え込みが飾られ、店舗前には手書きの黒板がイーゼルに立てかけられており、ケーキセットの説明がイラストつきで描かれていた。

「なんだよ、真似《まね》じゃん」

思わず呟いてしまった水樹だが、本気ではない。昨今はめずらしくない宣伝手段だし、もともとこの手法を流行《はや》らせたのは他店なのだ。

道路に面した窓は大きく、店内の様子もある程度見て取れる。

中央に十席以上はありそうな、大きな楕円《だえん》テーブル。その周囲を四人がけのテーブルが並んでいる。三時半という時間帯のせいか、主婦グループの姿が目立っていた。店員がみんな美形というのは本当だろうか。さすがに人の顔の判別は難しい。でももう少しそばなら見えるかな、と水樹がこっそり窓ガラスに近寄る。

「……水樹」

「うわっ」

いきなり耳元で囁かれ、ひどく驚いてしまった。

端の席で文庫本を開いていた女性客も水樹のリアクションにぎょっとして、窓越しに目を見開いている。

水樹は慌てて背中を向け、自分を驚かした男に向かってクレームをつけた。

「な、なにっ、びっくりするだろ！」

「そんなに熱心に覗《のぞ》き込んで……好みのタイプでもいましたか？　ならば私としても黙っているわけにはいかない」

ギャルソン服の上にコートを纏った篠宮が両手にスーパーの袋を持って微笑んでいる。袋の中身はカブばかりだ。

「なにくだらないこと言ってんだよ。敵情視察に決まってんだろ」

「ああ」

篠宮はチラリと『manor house』を見、すぐに水樹に視線を戻す。

「そう気にすることはありませんよ。私たちの店とはコンセプトが違うでしょうから」

「店長のくせにそんな悠長なこと言ってていいわけ？　ほら、結構客入ってるし。ん？　……なに、そのカブ」

「明日のランチのスープ用です。配達のオーダーから抜けていたようで」

「へえ。有藤さんでもそんなポカをすることあるんだ」

水樹は手を差し出し、袋をひとつ手伝う。冬のカブはずっしりと重たく、独特の甘みを持っている。ベーコンのだしが効いたスープを吸うと、トロトロと実に美味しくなるのだ。

「いえ、有藤は今ごろハワイの空の下ですよ」

「あ、そうか。一昨日から休暇だっけ……てことは……あっ」

水樹は顔を上げて篠宮を見る。

「ごめん……」

篠宮は笑みを絶やさないまま「気にしないでください」と言う。有藤に変わって、オーダーシートを作成したのは他でもない水樹だったのだ。

「俺がオーダー入れ忘れたんだ……すみませんでした」

「次から気をつければいいことです」

「カブのスープ作るのにカブを忘れるなんて……バカだ」

「誰にでもミスはあります」

そうだろうか。いや、有藤だったらあり得ないミスである。

「ダメだな、俺。昨日のレジ締めも思いっきり間違ってたし……」

「『石花珈琲店』と違ってアイテム数が多いですからね、経理的なことに慣れるのは時間がかかって当然ですよ。さあ、行きましょう」

スーパーの袋をカサカサ唱わせながら、ふたりで歩きはじめる。

駅へ急ぐ若い女性が水樹たちを追い越し、一度ちらりと振り返った。篠宮の男前っぷりは相変わらずだ。見栄えがよく、頭がよく、おまけに仕事もできる。

『石花珈琲店』の共同経営者として半年を過ごし、水樹は篠宮がいかに凄腕《すごうで》なのかを知った。

実は開店直後の三か月、『ruffle』は赤字状態にあったという。原因はランチへのこだわりだ。原価が高すぎて、客が増えるほどに赤が大きくなってしまう事態を招いていた。

だが篠宮は、ランチのクオリティを下げる気はないと言い切った。

有藤が出した詳細なデータを元にして対策を練り、四か月目にして黒字に回復させたのだからたいしたものだ。しかも、ランチのクオリティはむしろ上がっていた。

篠宮が取った戦略は、生産地との密着策だった。

野菜、果物をそれぞれ、近郊の農産地と契約し、流通コスト分を下げて取り寄せる。ただ取り寄せるだけではない。農作物の出来は天候次第だが、いま一番安くて美味しい作物の情報をもらい、それにあわせてメニューを作る。スイーツに関しては、保存の利くジェラートだけは店のオリジナルにし、ケーキやタルトは地元商店街の人気店と提携して、割安で仕入れる交渉を成立させた。自店の分さえ夕方には売り切れる人気店を口説き落としたのだ。

有藤の観察力と考察力。

そして篠宮の分析力と応用力、さらには大胆な実行力。

それらを目の当たりにして、水樹は何度も内心で舌を巻いていた。篠宮がかつて大企業の役職についていたことを知った時は、驚くよりも合点がいったほどだ。

一方で水樹は、ネルドリップの腕前はともかく、経営については素人同然である。毎月出される数字の羅列を見ても目がチカチカするのが関の山だ。こんな共同経営者では、さぞ心もとないだろうなと思う。せめて事務方を少しは手伝おうと、オーダーの手配をすればカブを忘れる……まったく自分の間抜けぶりがいやになる。

つらつら考えながら黙って歩いていると、ふわりと首周りが温かくなる。

「ずいぶん冷えますね」

篠宮が自分のマフラーを水樹にかけてくれたのだ。優しいキャメル色をしたカシミヤ地から、篠宮の匂いがふわりと漂ってきた。

「あ……ありがとう」

「南の島に逃げたくなる有藤の気持ちがわかります。開店以来、一度も連休をあげられませんでしたからね。私もこれでホッとしました」

「うん。有藤さん働きづめだったからな」

有藤には、フラダンスにはまり、とうとうハワイへ留学してしまった恋人がいる。今回は十日間の休みを取って、その恋人のもとへ旅立ったのだ。一緒に踊るんですかと聞いたら「私は観客に徹します」と眉間《みけん》に皺《しわ》を寄せていた。

「有藤が戻ってきたら、私たちも休暇を取りましょう。一週間くらい」

「私たち？」

「もちろん私ときみですよ」

「俺はその次でいいよ。ふたりでいっぺんに休むのはまずいだろ」

「水樹」

篠宮が情けなさげに眉を下げ、嘆息する。

「私がひとりで休みを取ってどうするんですか。きみがいない休暇を過ごすくらいなら、毎日店できみに会っていたほうがいい」

「そ、そういうことを往来で言わないっ」

「ああ、失礼」

水樹が頬《ほお》を熱くすると、少しも反省していない顔が笑みを戻す。

「とにかく休暇は一緒に。『石花珈琲店』のほうは、お父さんにご相談して営業時間を短縮したほうがいいかもしれませんが、『ruffle』は問題ありません。やっとスタッフの粒も揃《そろ》ってきましたし――ああ、そうだ。今日からフロアにひとり増えますよ」

「昨日履歴書を持ってきた子？」

水樹もちらりと顔を見ていた。清潔感のある若い男性で、本人は怒るかもしれないが、いわゆる可愛い系だ。くりん、とした目が印象的だった。

「ええ。四時に来てもらうことになっています。カフェで働くのは初めてだそうですから、一か月は試用期間となりますが――きみにお任せしてもいいですか？」

「お任せって……新人指導？」

はい、とカブを持ち直しながら篠宮が頷いた。もう店まですぐだ。

「……けど、俺なんかでいいの？」

「なぜそんなことを？　今までだってみんなにネルドリップの指導をしているでしょう？」

「コーヒーに関しては指導できるけど……ほかのことは……」

通常の新人指導は有藤の仕事である。有藤が厳しく教え、篠宮が優しくフォローを入れるという図式ができあがっているのだ。

「私は人材育成は不得手なんですよ。いい人のふりをしたがる傾向があるので、若い人に対してあまり厳しくできない」

「それはなんとなくわかるけどさ」

「有藤なんかは躾《しつけ》上手ですが、来週までいないわけですし」

「じゃ……まあ、やってみるけど……いや、やってみますけどね」

店の裏口に到着し、水樹は言葉遣いを正す。『ruffle』における水樹の肩書きはチーフなので、店内ではあくまで店長を立てているのだ。

「ありがたいです、その代わり」

ドアを開けようとした水樹の手に自分の手を重ね、篠宮が身体を少し屈める。

「……ベッドでするきみへの躾は、絶対に手を抜きませんから」

耳にかかる吐息とともに言われて、水樹は思わずカブを取り落としそうになった。

新人の名前は林《はやし》恭一《きよういち》といった。

大きな目と柔らかそうな髪の二十三歳。事情があって、大学を休学中だという。屈託のない笑みの持ち主で、返事はハキハキと気持ちよく、言葉遣いはとても丁寧だった。背はそう高くないが頭が小さいのでスタイルがいい。制服もよく似合っている。初対面の時は、三歳しか年の違わない水樹に向かって「どうかよろしくご指導ください」と深く頭を下げた。いまどきの若者には珍しいほどの真摯《しんし》さだった。

いい子なのだ。

実にいい後輩ができたと……水樹は思ったのだが——。

「あっ……し、失礼しました！」

グラスが割れる耳障りな音のあとの、慌てた謝罪の声。

一瞬、店内の客の視線がすべて恭一に集中する。別の客にケーキをサービスしながら、四度目だ、と水樹は思う。接客中なので眉を寄せたりはしない。どうしたのかしら、とフロアを見る女性客に向かって、

「お騒がせして申し訳ありません。新人でして」

と謝罪した。女性客はにっこり笑って、あら、新しい人が入ったのね、と返してくれる。他の客たちもすぐに自分たちの会話に戻っていった。

フロアでは、恭一が耳を真っ赤にして割れたグラスを片づけている。

カウンターの中では篠宮がすでにドリンクを作り直していた。鮮やかな赤が床に広がっている所を見ると、クランベリージュースを落としたのだろう。

「すみません……本当に、すみませんでした」

片付けを終えた恭一が、客からは死角になる厨房で水樹に頭を下げる。自分を恥じる声は微《かす》かに震え、一度下げた頭は完全には上がらず、半端な位置のまま俯《うつむ》いていた。

「えーとね、恭一くん……」

「は、はい……」

林という名の女性スタッフがいるため、下の名前で呼ばれている恭一がおずおずと視線を上げてきた。子犬を思わせる、大きな瞳と目が合う。

「その……フロアで失敗した時、すぐ謝れるようになってきたのは、いいと思うよ。ウン」

いきなり失敗を責めずに、まず良い点を評価しよう――水樹はそう心がけていた。誰だって、頭ごなしに叱《しか》られるのは嫌だろう。

「はい。でも僕……昨日も二回落としたし、今日もまた……」

「いや。昨日は三回。コーヒー二回にパフェ一回」

「あ、す、すみませんっ」

「そんなに頭下げなくていいから……たぶんね、なにか原因があってトレイから落ちるんだと思うんだよ。バランスの問題なのかな……」

「そうかもしれません。本当にすみません」

「最初は無理しないで、あんまりたくさん載せないほうがいいかも」

「はい……」

「とりあえず、このあとは厨房のヘルプをしようか」

もうすぐ正午である。

忙しくなるランチタイムの中、このいささか……正直にいえばかなり不器用な新人をフロアに出すのは躊躇《ためら》われた。水樹は厨房を仕切っている坂井《さかい》に「できる範囲のことを教えてあげてください」と恭一を引き渡す。正午からのランチタイムは水樹もコーヒーを淹れっぱなしになるので新人の面倒までは見きれない。

しかし、僅《わず》か二時間後、水樹はこの決断が誤りだったと知ることになる。

「石花チーフ、勘弁してくれよ、ホント」

いつもの倍以上の疲労を滲《にじ》ませて坂井が言う。本格的なイタリアン料理の修業をした二十八歳の坂井は、篠宮も一目置いている重要な存在だ。

「……あいつ、なんかした？」

「なんかどころじゃない。いいか？」

坂井がズイと水樹に近寄り、口をへの字に曲げたまま、恭一のしでかした失敗を箇条書きさせながらに挙げていく。

「グラスを洗えば割る、皿を拭けば落とす、サラダ用のプチトマトは床にまくし、レンジで二十秒温めろと言ったソースは二分沸騰させる。最初のうちは慣れていないんだからと思って大目に見てたけどね、俺にだって限界があるよ。ソースの時点で怒鳴ったら、今度は泣き出しやがるし」

「な、泣いた？」

「怒鳴ったって言っても、たいしたことないんだぜ？　客席に聞こえるような声は出してない。なのにあいつはすっかりビクビクしだして、ますます挙動不審になるし」

「うーん……」

シンクの奥に積まれた食器のかけらは、ちょっとした小山を築いている。たった数時間であれだけ割るとは……想像を絶する不器用さ加減だ。

「しまいにゃデザートのジェラートを出しっぱなしにして、半分溶かしちまうし」

「あ。それでランチの後半がバニラになったんだ……」

「そうだよ。俺がせっかく仕込んどいたミントジェラートが台無しだ。とにかく、二度とランチタイムにあいつを厨房に入れるのはお断りだね。どんなに忙しくっても、ひとりでやってたほうがずっとマシだ！」

「ごめん、俺のミスだ」

采配したのは水樹である。ここは潔く頭を下げた。

坂井もべつに水樹を糾弾するつもりはなく、とにかく大変だったことを知って欲しかっただけなのだろう、「や、べつにチーフのせいじゃないけど」と頭をかく。

「ちゃんと手伝えるようになるまで、忙しい時間帯は厨房には入れないようにするよ。……で、彼は？」

「ちょっと早いけど、休憩に入らせた。本人もしんどそうだったし」

では事務所と隣接している休憩室にいるのだろう。

「様子見てくる。フロアが立て込んできたら声かけて？」

「了解。……あの、俺も行ったほうがいいか？」

「いや、大丈夫。坂井さんに悪気ないのわかってっから、俺がちゃんとフォローしとく」

「頼む」

料理の世界は基本的に体育会系のノリだと聞く。そこでしのぎを削ってきた坂井にとって、怒鳴られたくらいでめそめそする恭一は論外なのだろう。確かに昨今は女の子でもそれくらいで泣いたりしない。とはいえ内心「ちょっと言いすぎたかな」と思っているあたりが、口は乱暴だが面倒見のいい坂井らしいところだ。

「恭一くん？」

ふたつノックをしてから休憩室に入ると、パイプ椅子に腰かけている恭一の背中があった。

椅子は壁に向き、首は項垂れ、膝《ひざ》が壁面につきそうな位置だ。

恭一の周囲の空気だけがどよーんと暗くなっていて、マンガみたいにわかりやすい落ち込み方をしている。

「すみませんでした……」

こちらを向かないまま、蚊の泣くような声が詫《わ》びる。

「ほんとに……僕……なにしても、役に立たなくて……」

その自己認識はまったくもって正しいので、「そんなことないよ」とも返せない。

こんな時はどう励ませばいいのかを水樹なりに考えてみるが、なかなか適切なセリフが思い浮かばなかった。

「僕、ダメなんです……不器用だし、気が利かないし、とろいし」

「恭一くん」

「言われたことすぐに忘れるし……おまえがまともにできるのは返事だけかよ、って、今までのバイト先でもさんざん怒られて」

「まあ……その……少しずつ慣れるしかないと思うけど……」

「おまけにすぐ泣くから、うざいし」

すん、と鼻を啜《すす》る。……確かにうざい。

うざい、という言葉を使うと篠宮に叱られるのだが、この場合もっとも適した言葉に思える。

こういうタイプは正直苦手な水樹である。

「きっと僕、クビですね」

だろうなあ、と口にはしないが心中で肯定する。

もともと篠宮は人材の選定眼が厳しい。試験採用までの門戸は広いが、結局正式採用にならない者も多いのだ。今までもうわべだけの笑顔や、マニュアル慣れした客扱いをする者は、どんどん落とされていった。

「厨房の人をすごく怒らせてしまったし……。悪いのは僕だとわかってるんですけど、怒鳴られるの本当にダメで……怖くて……たぶん、父親の影響だと思うんですけど」

「……父親?」

はい、とやっとのことで恭一が水樹を見る。子リスみたいな目が潤んでいた。

「僕の父、すぐ怒鳴る人で……母に対して暴力をふるってたんです」

「あー……DVってやつ?」

「ええ。結局離婚したんですけど……たぶん、子供の頃にさんざん父親の怒鳴り声と暴力を見ていたせいで、いまだに男の人に怒鳴られると心臓がドキッとしちゃって……」

「はあ」

「こんなんじゃダメだってわかってるけど、どうしても……」

「どうしても、ねえ」

かといって、永遠にこのままというわけにもいくまい。

怒鳴られたくらいでべそをかくようでは、この先どんな仕事もやっていけないだろう。

可哀想な過去だとは思うが、高校時代はかなり荒れていた水樹の周囲には、似たような境遇の少年たちはたくさんいた。親に殴られて育ち、他者に対して暴力的になる者もいたし、その逆に決して暴力をふるわない者もいた。要は本人次第なのである。

さて、どうするか。

穴が空くほどに恭一を見つめて、水樹は考える。

そしてひとつの考えに至った。つかつかと、恭一の真正面まで歩み寄る。

「……あの、石花さん？　――うわっ！」

「ふざけんな、てめえッ！」

胸ぐらを摑《つか》んで、引きずり立たせる。

「ダメだダメだダメだって、自分で自分にダメ出しばっかしてんじゃねーよッ！」

「いっ……い、石花、さん……っ？」

驚きに見開かれた目がすぐそこにある。水樹と恭一の身長はほとんど変わらない。ふたりとも百七十を少し越える程度だ。

「――ビックリした？」

「……は？」

「心臓、ドキドキした？　めそめそしそう？」

「え？　あ、あの？」

恭一の襟首《えりくび》から手を離して水樹は笑う。

「ほら、なんつうの、逆療法ってやつ？　あえて怒鳴られてみるのはどうかなと」

「な……」

「そしたら、少しは慣れてくるんじゃねーの？　まあ、ガキの頃のことは気の毒だったけど、いつまでもガキのままでもいられないし」

「そ、それで今、怒鳴ったんですか？」

そう、と笑ってみせる。恭一はまだポカンとしていた。

「恭一くんだって、ここでのバイト続けたいだろ？」

「え……あ、はい」

「そしたらさー、もうちょっと図太くなんなきゃ。坂井さんが怒鳴るのなんか、愛情表現のひとつだよ。さっきも、きみのこと気にしてたし」

「そうなんですか？」

「そうそう。うちの店長は優しげだけど、中身は相当したたかな人だし、今はいない有藤さんなんかもっと怖い。あの人に無言で睨《にら》まれるくらいなら、坂井さんに蹴《け》られたほうがマシだっていう奴もいるくらいなんだから」

「そんなに怖い人が……」

「や、いい人ではあるんだけどね。とにかくさ、こうウジウジ考えてないで、まずはやれることからやってこうよ」

バシン、と勢いをつけて恭一の肩を叩《たた》く。もちろんエールのつもりである。

「はっきり言わせてもらうけど、確かに、きみは不器用でトロい」

「……ほんとにはっきり言うんですね……」

「だって、真実じゃん。その不器用さ加減がそのままだったら、正式なバイトとしての採用は無理だと思う。ウチの皿、結構高いしさ」

「……はい……」

「でもこの一週間で、きみは変わるかもしれないだろ?」

膝の上で重ねられていた手を取って、水樹は言った。触れられて驚いたのか、再び俯いていた恭一の顔がまた上がる。

「この手は、訓練すれば器用になれるかもしれないだろ?」

ぎゅっ、と力を込めて握る。

祖父のことを思い出していた。水樹にコーヒーのイロハを教えてくれた深い皺の笑顔。

——人間の手ほど、繊細な動きのできるものはない。

祖父の思い出は、すべてコーヒーの香りに彩られている。あの小さな店で、子供らしい失敗に落ち込む水樹を、少し難しい言葉で励ましてくれた。

——水樹、自分の手を上手に使いなさい。夢やチャンスを握り潰さず、指の隙間《すきま》から逃がさず、うまく捕まえるんだ。大丈夫、おまえならできる。

「この手の可能性を、きみはまだ知らないだけなんだよ」

祖父がくれた言葉を、そのまま恭一に手向けた。

恭一は無言で水樹を見つめている。なにを考えているのかわからない瞳に射抜かれて、なんだか急に恥ずかしくなった。

「……って、ちょっとダセーこと言ったけど……その、もちろんきみがもうイヤだって思うなら、とめないし……」

「いやだなんて」

ふるふる、と恭一がクビを横に振る。

「嬉《うれ》しいです。まだ会ったばかりの僕に、石花さんがそんなふうに言ってくれるなんて……僕、すごく嬉しいです」

語尾が微かに震えていた。恭一は本当に感激しているようだ。

「そ、そう？　ならさ、もうちょっと頑張ってみる？」

「はい！」

うーん、返事はホントにいいんだけどなあ……水樹は内心で苦笑しつつ、それでも恭一が「もうやめます」と言わなかったことに安堵《あんど》した。

いくら失敗が続いたとはいえ、たった二日で結論を出してしまうのは早すぎる。不器用ささえ克服すれば、柔らかい笑顔や真摯な態度は決して接客業に不向きではないのだ。指導する立場としても難易度の高い新人ではあるが、彼を一人前に仕立て上げられれば、篠宮も水樹を高く評価してくれるだろう。

「……なにをしているんです？」

安堵したところに聞こえてきた、耳慣れた声。

水樹は小さく息を呑《の》み、まだ握っていた恭一の手をパッと放す。やばい。これはちょっとばかり、やばいかもしれない。

ゆっくり振り返ると、休憩室のドアを半分開いた状態で篠宮がじっとこちらを見ていた。

「あ、えっと、これは」

べつにやましいことをしていたわけではないのに焦ってしまうのは、篠宮の嫉妬《しっと》深い傾向を理解しているからである。以前、昔の男から電話がかかってきた時もやばかった。口に出してはなにも言わない篠宮だが、背中から立ち上るオーラだけで圧倒され、電話を終えた水樹は「二度と会わないし」と自ら宣言していた。

「や、あの、恭一くんが落ち込んでたからさ……」

「店長！　石花さんはすごくいい方なんですっ」

せっかく放した手を、今度は恭一からぐいっと摑む。

勢いがよかったので、身体まで恭一に近づいてしまった。下手をすれば鼻がぶつかりそうな至近距離に驚き、水樹は慌てて横を向く。

「ご迷惑ばかりかけている僕なのに、慰めてくれて、励ましてくれて……たかが見習いバイトの僕を真剣に気にかけてくださって……」

「そう。それはよかった」

篠宮の微笑む顔は普段どおりなのだが、それがかえって水樹には怖い。

「せ、責任をもって、育てるつもりでいますから！」

誤解するなよ、これは仕事なんだぞ、あんたに任されたから一生懸命やっているんだ——という主張のつもりで言ったのだが、通じたかどうかはわからない。

「頼りにしていますよ」

軽く頷いて、篠宮は隣の事務室に入っていく。大丈夫そうかなと怖々見送った水樹は、篠宮の手の中で折れそうに曲がっているボールペンを見た。

2

・挨拶……◎
・身だしなみ……◎
・配膳（ドリンクのみ）……◯
・配膳（ランチセット一人前）……◯
・配膳（ランチセット二人前）……△
・ストック整理……△
・厨房補佐……×
・ドリンク作成（ジュース類）……△
・ドリンク作成（エスプレッソマシン）……×

「……で、パフェ作成は×、と。こないだ生クリームを自分の顔にかけてたもんなあ……。ドリップコーヒーはまだやらせてないし、レジなんかとんでもないし……」

「熱心ですね」

「ひゃっ！」

突然頰に冷たいものがあたり、水樹は驚いてボールペンを取り落とした。

「な、なにすんだよっ」

振り返ると篠宮がジェラートの容器を持って笑っている。風呂上がりなのだろう、濡《ぬ》れ髪にバスローブを纏った姿で、水樹の書きつけを覗き込んだ。

「うん、確かに配膳は健闘しているようですね。今日は一度も落とさなかった」

「まあな。けど、先は長いよ」

ボールペンを拾い、水樹は改めて一覧を眺める。

篠宮は優雅な動きでソファに腰かけて脚を組んだ。水樹のほうは床に座り込んで、ローテーブルに向かっている。クリーム色の薄いパジャマに身を包んだだけだが、床暖房が効いているので快適だ。

『石花珈琲店』の改装が終わってからも、水樹は篠宮の家に住み着いたままだった。

狭い家で父と顔を合わせて暮らすのも気が引けたし、アパートを探そうとした時期もあったのだが、篠宮に「全力をもって阻止します」と言われてしまったのだ。この男の場合、本当にそうするから洒落にならない。

「五日間でこの進歩ならば、見込みはありますよ。有藤が戻る頃には、なんとか形になっているんじゃないですか？　……きみのあの特訓が効果を発揮したんでしょう。他のスタッフたちも感心していました」

ジェラートをスプーンで掬《すく》いながら篠宮は言う。

あの特訓とは、水樹が考案した配膳強化練習のことだ。閉店後のフロアを使い、水の入ったグラスをみっちり並べたトレイを用意し、それを恭一に持たせる。何人かのスタッフを障害物に見立てて配置し、決まったルートを恭一に歩かせるのだ。

「ちょっと体育会系すぎるかなと思ったんだけど」

「そんなことはありません。パリで開催されるというギャルソンレースを思い出しましたよ」

「レース？」

「文字どおり、ギャルソンのマラソンレースですね。タブリエを巻き、トレイを持ったままで競争するんです」

「へえ、そんなのがあるんだ……次の藤井沢商店街のお祭りでやったら面白いかも。カフェだけでなく、レストランからも代表選手を出してもらってさ」

藤井沢商店街ではクリスマスに近い頃、年に一度のお祭りがあるのだ。夏祭りは神社の主催だが、『藤井沢師走祭り』は商店街の若手たちが中心となって開催している。

「なるほど、それは楽しそうだ。今度商店街の組合長に話してみましょう」

「あ、『もえぎ』のオヤジさんね。……ところでさあ。さっきからひとりでなにしてんの？」

ひっきりなしに動くスプーンを睨みながら水樹が問う。

「新作ジェラートの味見です」

「……ひとりで？」

「店長の仕事ですから」

「あ、そ。じゃいいよ。いらねーよ」

ぷいと顔を背けると「冗談ですよ」と篠宮が笑う。

「きみが新人ばかり気にかけるので、少し拗《す》ねてみました」

「いい歳してなに言ってんだか」

「とても仲がいいようですし？　休憩室で手を握りあったり」

やっぱり根に持っているのだ。数日おいてから言い出すあたり、結構拈《ひね》くれてるよなあと思い、だがそこが可愛くもある。

「だから、あれは恭一くんを励まそうと」

「わかっていますよ。わかっているから、仕事場では極力私情は抑えているでしょう？　でもね、私は見てくれだけ大人になった子供なんです。せめてプライベートではかまってくれないとそのうちに泣き出すかもしれません」

嘘つけ、と思う。泣かされるのはいつも水樹のほうではないか。

「……おいで、水樹」

自分の隣にあったクッションを退《の》けて、篠宮が呼ぶ。ジェラートの甘い香りに誘われて、水樹はペンを置いてソファに上がった。

「なに味？」

「キャラメルカスタード。私にはやや甘すぎますが、女性は好きそうですね」

スプーンに盛られたジェラートを見てアーンと口を開けかけたのに、それはまたしても篠宮の口に収まってしまう。にやりと笑った意地悪な紳士は、そのまま銀のスプーンをテーブルに置き、次に自らの指を容器に突っ込んだ。

長い指がジェラートを掬い上げる。

バニラの白にからまるキャラメル色が、水樹の口元に差し出された。

この指が——危ない。

水樹をおかしくしてしまう指だ。

「いらないのかな？」

こんなことしていいのだろうか、こんなふうにされるなんておかしくないだろうか……そんな疑問のすべてを払拭《ふっしょく》してしまう危険な指。

「ほら、水樹。零《こぼ》れてしまう」

声も、だめだ。

低い美声に呼ばれると、魔法をかけられたように身体が動いてしまう。他人の指からジェラートを舐《な》めるなんてヘンだろ、そう思っていても、唇を開いてしまう。

「ん……」

指から零れ落ちる寸前、ぱくりと喰《く》らいついた。

ジェラートは一般的なアイスクリームより多くの空気を含み、とろりと滑らかな質感が特長だ。なるほど、カスタード特有の甘さと、キャラメルの香ばしい苦みがとても美味だった。

指に舌を絡めて、冷たい甘さを楽しむ。

「美味しいかい？」

問われて頷く。もっと欲しいとばかりに篠宮の顔を見つめた。

指が再びジェラートに沈み、水樹の口を訪れる。

「……ん……ん、ふ……」

同じことが数度繰り返され、やがて、篠宮の指が口の中に居座る。からかうように、頬の内側を撫でたり、舌の表面を行き来する。いたずら心から軽く噛《か》むと「こら、悪い子だ」と篠宮が笑った。

指が引き抜かれ、どこか淫靡《いんび》に光る唾液《だえき》が糸を引く。

「これで最後」

篠宮は残り少ないジェラートを掬い、今度は自分の口に――というより、舌に載せた。

そのまま抱き寄せられた水樹は、自ら篠宮に口づけ、舌を差し入れて最後のデザートを堪能する。舌と舌が重なり合い、その間でキャラメル味がとろけていく。

「あ……ふ……」

篠宮の舌の上からすっかり甘みが消えてしまっても、水っぽい音の響くキスは終わらない。

ジェラートとは違う甘さは失せることがないのだ。

「……水樹」

吐息が乱れるほどの口づけが終わると、篠宮の唇は耳を訪れる。

「明日のシフトは、午後からだったね？」

店長である篠宮は、もちろん水樹のスケジュールを把握している。今週に入ってから、水樹は恭一の指導のため、毎日『ruffle』に入っていた。『石花珈琲店』は小嶋が手伝ってくれるので心配ない。

そして確かに、明日のシフトは午後四時からだった。なぜそんなことをわざわざ確認するのか――その答えを知っている水樹はぶるりと背中を震わせた。

怖い。そして、期待している。

「このあいだのは……気に入った？」

その問いに、数日前の自分の痴態を思いだし、全身が熱くなる。

「や……やだ、あんなの」

「そうかな？　私にはすごく感じていたように見えたけど」

耳たぶを甘噛みされながら、事実を指摘されてしまう。羞恥《しゅうち》のあまり篠宮を押しのけ、ソファから去ろうとしたのに、逆に腕を摑まれて引き倒されてしまう。

「嘘をつくのはよくないね、水樹」

見下ろされると、関節から力が抜けてしまう。普段は品行方正な紳士の顔が、次第に獣の表情へと移ろう様子は……何度見ても、蠱惑《こわく》的だった。

「お尻《しり》にローターを入れられて、あんなに悦《よろこ》んでいたくせに」

「ちが……」

「振動を強くしたら、がまんできなくなって自分で握って扱《しご》いただろう……？　目隠ししていても、自分がなにをしたかくらい覚えてるはずだ。違うか？」

少しずつ語調が変わっていく。優しげな紳士から、支配者の声へと。

「水樹。答えなさい」

「あ……」

「ほら。ちゃんとこっちを見るんだ」

強く顎を摑まれ、背けていた顔を戻される。痛いのは、少しだけだ。その小さな痛みが、水樹の身体に火を点《つ》けることを篠宮は知っている。知られている。

「今夜も、あんなふうにして欲しい？」

「い……いやだ……」

頑《かたく》なに拒むと、篠宮が楽しげに口の端を引き上げる。

「困った子だ。いつまでたっても素直にならない」

ぷつ、とパジャマのボタンを外された。

次々にボタンを外しながら、端整な顔が近づき、頬を唇でさらりと撫でられる。

「どうしたら、いい子になるかな?」

そんなこと、わからない。

いつだって、なにがなんだかわからないまま、篠宮の手管に翻弄《ほんろう》されているだけなのだ。この男の嗜好《しこう》が『苛《いじ》める』という行為にあることはわかっている。相手より優位に立ち、思うがままに扱う——つまりはサディストなのだ。

正直言って、水樹には理解し難い嗜好だった。

頭では理解できないのに、身体はその嗜好に引きずられる。

苛められて、感じてしまう自分がいる。

「あ……あんたは、俺を、どうしたいんだよ……?」

つい上擦ってしまった質問は、篠宮には意外だったらしい。パジャマを脱がせる手は止めずに、片方の眉だけを上げる。

「どう、とは? ……私がなにかリクエストしたら、そうなってくれるのかな?」

「それは……」

「ここを鞭《むち》で打たせて欲しいと言ったら、どうする?」

剝《む》き出しになった背中を、指先で辿《たど》りながら聞かれ、ぞくりとした。古い映画で笞刑《ちけい》のシーンを見たことがあるが、もの凄く痛そうだった。

「い……痛いのは……」

「わかってる」

押し倒されながら、囁かれる。今夜はここでこのまま抱かれるのだろうか。この家の中で抱き合っていない場所といえば、もはや玄関とトイレと脱衣所くらいだ。

「痛めつけたいわけじゃない」

「あ……っ」

視線に晒《さら》されただけでツンと尖ってしまった乳首を摘まれ、水樹は身体を竦《すく》めた。

「愛したいだけなんだよ、水樹。わかるかい……？　ああ、ジェラートをとっておけばよかったな。ここに落として……味わいたかった」

充血し始めたそこをくりくりと弄りながら、そんなことを言う。篠宮は有言実行の人だから、きっと次回は水樹の身体に冷菓を落とすだろう。冷たく甘いジェラートが皮膚を冷やし……熱い舌で啜られるのかと思うと、それだけで胸が震える。

「今夜は素直じゃない子のために、もう一度ローターを入れてあげよう」

「い、いやだってば」

「聞こえないな。目隠しはなしで、その代わり手を縛ろう……はしたない私の猫が、自分で擦ったりできないようにね」

水樹が目を見開く。

……繰り返しになるが、篠宮は有言実行の人なのだ。

その夜水樹は両手を背中側で拘束され、身体の奥に振動する玩具《がんぐ》を埋められたまま、四つん這《ば》いで啜り泣く羽目となった。


「石花さん、風邪ですか?」

恭一に問われて「え」と顔を上げる。午後七時、『ruffle』の更衣室だ。

四時からのシフトの場合、クローズ作業までの間に一時間の休憩がある。食事をどこで摂《と》るかは自由だ。『ruffle』のメニューならば無料だし、外で食べてもかまわない。ただし、他店に行くならば制服を着替える必要がある。

「声、ちょっと掠《かす》れてませんか」

「そ……そっか?」

水樹はケホ、と軽く咳払《せきばら》いをしてみる。

確かにいくぶん声が出にくい。原因は明白だ。昨晩は深夜までさんざん喘《あえ》がされた。水樹が泣いて許しを請うまで、篠宮はあの玩具を出してくれなかったのだ。

「目の下も少し赤いし……熱があったら大変ですよ?」

やおら伸びてきた手が額に触れ「ちょっと熱いかも」と言う。水樹は自分でも触れてみたが、特に熱っぽいという自覚は生まれなかった。

「フツーだと思うんだけどな」

「熱いですよ。……ほら」

ぬうと伸びてきた手に、首の後ろを支えられる。

恭一の顔が近づいてきて、額同士がコツンと触れあわされた。すぐそこに、恭一の整った鼻が見えた。だがやはり、水樹は温度差を感じられない。

「な？　恭一くんと変わらないだろ？」

至近距離のまま、上目遣いで言う。恭一はぱちぱちと瞬きをし、なにか言いたげな顔で水樹を見つめていた。

「……そう、ですね。熱はないみたいですね」

スイと水樹から離れてやっと納得してくれる。ふたつの店をかけもつ身体になって以来、健康管理にはかなり気を遣っている水樹である。

「風邪流行《はや》ってるから気をつけないとな。恭一くんもうがいと手洗いを徹底的にして、ビタミンCを摂って……なに？　俺の顔なんかついてる？」

「……石花さんて、人に触られるの平気なんですね」

「は？　今の？　だって、デコじゃん」

「そうですけど」

「しかも野郎同士じゃん」

「それも……そうなんですけど。いえ、なんか、最初見た時の印象がこう、ツーンとした猫系だったし、前に手を握った時もすぐ放されたから、繊細な人なのかな、と」

ははは、と水樹は笑い飛ばす。

べつに他人に触れられるのが苦手ということはない。触れられてビクビクしてしまうのは、篠宮相手の時、もしくは篠宮の視線がある時くらいだ。

「俺はフツーのあんちゃんだよ。若い頃はヤンチャもして、逮捕歴はないけど補導歴はあるし、高校出てすぐ家飛び出したりもしたし、つい数か月前まで、髪もパツキンだったしなあ」

「え、本当ですか？」

「マジよ、マジ。喋り方でだいたいわかんだろ？　俺、店長みたいに喋れねーもん。さて、支度できた？　あんま時間ないから急いで行こうぜ？」

はい、と恭一が上着を抱える。

休憩時間を利用して、ふたりが向かおうとしているのは『manor house』だ。

なにしろ駅を挟んで徒歩五分圏内にあるライバル店である。一度は偵察に行くべきだと思っていたのだが、篠宮は必要ないと言い続けるし、ひとりで行くのもなあ……と考えていたところで、恭一が「行ってみませんか」と誘ってくれた。

渡りに船だ。『manor house』は終日軽食を用意しているので、夕食代わりにもなる。

「うわ、さむっ」

カレンダーはすでに二月になっている。暦の上の春は近いが、東京の気温はまだまだ低い。水樹はコートの襟をかき合わせ、足早に歩きながら喋る。

「『manor house』には一度行きたいと思ってたんだ」

「駅を挟んで徒歩三分のライバル店ですもんね。……でも、店長さんはあんまり気にしてないみたいですけど」

「俺もそれが不思議なんだよね。余裕って感じ」

「自信があるんでしょうか」

かなあ、と水樹は首を傾げる。

「まあ、穏やかそうに見えて、やり手だからね。そういえば、なんか言ってたな……えーと、コンセプトが違うからどうとか」

「コンセプト……？　『ruffle』のコンセプトって、なんですか？」

「うーん？　店長はいつも《私の王国》って言ってるけど、それのことかも。あ、中に入ったら小さい声で喋ろうな。偵察だってバレちまう」

「はい」

クラシカルな扉を開けて、店内に入る。

いらっしゃいませェという声は聞こえてきたが、店員の視線は余所を向いていた。

「二名様ですね。お煙草《たばこ》は？」

つまり、この店は喫煙席もあるということだ。

吸いません、と答えると手前側の一画に案内される。水とおしぼりを持ってきてくれたウェイトレスは、くっきり二重にゆる巻きウェーブの髪で、確かに可愛らしかった。

女性の制服はクラシカルなメイド調で、紺と白のコントラストが鮮やかだ。男性のスタイルは『ruffle』とさほど変わらないギャルソン風、頭が小さく手足は長く、女性に好まれそうなつるんとした顔が多い。

「スタッフが若い。厨房はわからないけど……平均年齢二十代半ばってとこかな」

メニューを開きながら、水樹は低く囁いた。

「容姿で採用しているという噂なんですよね？」

「うん。ある程度重視しているのは本当みたいだ。ただ……」

「ただ？」

「姿勢があんまりよくないな。動きも雑で優雅さがない」

さらに声を低めてつけ足す。なんだか腰の辺りがぐにゃぐにゃした若者が多く、立っている時も体重が左右のどちらかに傾いている。しゃっきりと真っ直ぐに立っていられないものか。

篠宮だったらここのスタッフの半分は雇わないだろう。

「さて、なにを食べようか」

向かい合ってメニューを開く。軽食類は思っていたより充実していた。品数でいえば『ruffle』より多い。

「俺はこの、オリエンタル・サンドイッチにしてみようかな」

「じゃあ僕は本日のスープセットにしてみます。サラダとパン、プチデザートがついてるそうです。石花さん、ドリンクは?」

「ブレンド」

「僕はダージリンを」

それぞれ注文をすると、最後にウェイトレスが確認のために繰り返す。このオーダーの確認は『ruffle』では行われていない。

「どうしてです? 繰り返して確認すれば、ミスは減るのでは」

恭一の質問は、かつて水樹が有藤にしたものと同じだった。

「ファミレスや居酒屋じゃあるまいし、オーダーは一度聞いたら完璧《かんぺき》に覚えるのが当たり前だろう? たとえばグループのお客様で、どうしても確認がしたい場合はその時だけそうすればいい。マニュアルで毎回確認は稚拙だよ。コーヒーだけの人だって多いわけだから」

と、有藤の受け売りで答えておく。今となっては水樹も同感だ。

やがてドリンクと食事が運ばれてきた。

　オリエンタル・サンドイッチはピタパンと呼ばれる袋状のパンの間に、挽肉と野菜を詰めた料理だった。大きな皿の横にはフライドポテトとピクルスが添えられていた。

「味はどうですか?」

「うん。わりとイケるけど……」

　挽肉の味付けになっているエスニックな香辛料はなかなか面白い味わいだった。

「坂井さんだったら、ハーブにイタリアンパセリじゃなくてパクチーを使うんじゃないかな。そのほうが香辛料と合いそう」

「タイ料理なんかによく入ってるやつですね」

「そうそう。あと、野菜の水切りがあんまりできてないな……パンがしけるから、きっちりやって欲しいんだよね。ポテトもあったかいけど、揚げたてじゃない。揚げたてが出せないなら、いっそ別の調理法にすればいいのに。そっちのシチューはどう?」

　恭一が皿を寄越してくれたので、一口味見をさせてもらう。

「悪くないけど……これって、ボルシチっていうか、トマトシチューっぽいなあ」

「『ruffle』でもこのあいだボルシチがランチで出ましたよね。なんかあれと味が違うような気がするんですけど……」

「うちはちゃんとビートを使ってるからかな」

「ビート?」

「うーんと、赤い大根みたいな野菜。日本語でいうと西洋赤蕪だったかな。ボルシチの赤い色は本来ビートの色なんだよ。ただ、日本人の舌に合わせて、あえてトマト味にしちゃうボルシチってのもときどきある」

「なるほど……そうなんですね」

「どっちにしても、サワークリームは欲しいね。赤の中に白で、色味もきれいだし」

そのほかにも気になる点はいくつかあった。

スープセットのパンが温かくない。ピクルスは酸味が強すぎて、味が尖っている。紅茶はポットサービスだが、ポットそのものが小さくて二杯しか取れない。茶葉も悪くはないが『ruffle』で使っているもののほうが香り高い。

「石花さん、ブレンドはどうです?」

恭一に問われて苦笑を漏らす。

「……コーヒー好きだったら、一口でやめるだろうな」

以前『石花珈琲店』で要先生が言っていたとおりだ。まとめて落として、保温しているのだろう。香りが完全に飛んでしまっている。

悪い店ではない。……が、取り立てていい店でもないというところか。

そうゆっくりしている時間はなかったので、食事をすませて会計をし、再び寒い外へと出た。料金は『ruffle』より二割程度抑えめになっている。

「打ち合わせやお喋りが目的だったりすると、食べ物や飲み物はそこそこでも、安いほうがいいという人もいるのかもしれませんね」

「かもな」

恭一の言うことはもっともである。

高くて美味であることより、少しでも安い店がいいという客は確実にいるのだ。

「……けど、逆に美味しいコーヒーを期待して行った客は二度と足を向けない。なんだかんだでコーヒーを注文する客は一番多いんだろうから、俺が店長だったらなんとかするね」

「なんとかって？」

「つまりさ。『石花珈琲店』みたいな本格派はコスト的に無理だとしても、練習次第でそれなりの一杯だては淹れられる。うちのバイトの子たちだって、ネルの練習してるだろ？」

「いい指導員がいないのかも。石花チーフみたいな」

「はは。おだてんなよ」

「そんなんじゃないです」

恭一は真摯な眼差しで水樹を見る。いつ見ても、大きな目玉だ。

「だって、チーフ、常連さんに『きみのコーヒーを飲みに来たよ』って言われたりするでしょう？　あれって、すごいです。ただのコーヒーじゃなくて、石花チーフのコーヒーが飲みたくてお店に来てくれるなんて、そんなコーヒーが淹れられるなんて……僕、憧《あこが》れます」

「あ、憧れる……？」

真顔で言われ、水樹は戸惑ってしまう。頬が火照るのが自分でもわかった。

「僕もいつか……すごく、時間がかかると思うけど……チーフみたいになりたいです」

「お、俺みたいに？」

「はい。石花チーフは僕の目標です」

はっきりと宣言される。

恥ずかしかったけれど、嬉しかった。とても嬉しかった。

後輩からの全面的な肯定は、時折ぐらつく水樹の自信を支えてくれる。

もちろん篠宮はきちんと水樹を評価してくれていると思う。だが、やはり難しい案件に関しては有藤に相談するし、銀行との折衝も有藤の仕事だ。家族経営だった『石花珈琲店』と、従業員八名、バイト六名を抱える『ruffle』では規模が違う。

自分は役に立っていないのではないか。

相変わらず地味な成績しかあげていない『石花珈琲店』はお荷物ではないか。

共同経営者になったことを、篠宮は後悔していないだろうか——。

そんなことを考えてしまう日が少なくないのは、いつのまにか篠宮という存在が、水樹の中で大きくなっているからに他ならない。

……あの男が好きなのだ。

好きだから……役に立ちたい。ベッドの中だけでなく。

「ありがとう、恭一くん」

小さな声で礼を言うと、恭一も微笑んでくれた。

「一緒に頑張ろうな」

「はい！」

少しくらい不器用でも、この後輩を大切に育てよう——水樹は心からそう思った。

3

恭一《きょういち》と『manor house《マナ・ハウス》』を訪れた数日後、水樹《みずき》は『石花珈琲店《いしげコーヒー》』のオープン作業と正午までの店番をこなし、そのあとランチタイムで賑《にぎ》わう『ruffle《ラッフル》』に入った。

タブリエの腰紐《ひも》をキュッと締めると、気分も引き締まる。いまや『ruffle』は『石花珈琲店』と同じように、水樹にとって大切な場所となっていた。

「さて、と」

今日もほぼ満席のフロアに出ようとしたとき、事務所から篠宮《しのみや》が顔を出す。

「チーフ。ちょっとこちらにお願いします」

どうしたのだろうか。いつもより、硬い表情に感じられた。

そういえば昨日はずいぶん遅くまで書斎に籠《こ》もっていたようだ。水樹は買ったばかりのゲームに興じつつ、今夜はちょっかいをかけて来ないなあと思っていたのだが、零時を回ったので先に風呂を使って寝てしまった。翌朝になっても篠宮はベッドにおらず、どうやら書斎で仮眠しただけらしい。

なにかトラブルでもあったのだろうかと心配したのだが、今朝は『石花珈琲店』に行かなくてはならないので聞く時間がとれなかったのだ。

事務所に入ると、篠宮のほかに恭一が立っていた。

不安げな視線が水樹に送られる。まさか、恭一に不採用を言い渡す気なのだろうか――いや、それはないはずだ。最近の恭一は大きなミスもなく、真面目に仕事をこなしている。

「おふたりに話があります」

篠宮はごく事務的な声を出した。その顔にいつもの微笑《ほほえ》みはない。

「本日より、林《はやし》くんの指導担当を、石花チーフから私に変更します」

「えっ……」

声をたててしまったのは水樹だった。

恭一は大きく見開いた目で床を見つめ、言葉もない様子である。

「店長、どうしてですか？　俺の指導になにか問題があるんでしょうか」

「いいえ。チーフはよくやってくれました。ですが、あなたには『石花珈琲店』もあるでしょう？　その上新人指導もしていたら、負担が大きすぎます」

「そんなこと、最初からわかってたはずです」

「ええ。私が最初に判断ミスをしたということです。その点に関してはお詫《わ》びします」

「お詫びって……そんな話をしてるんじゃない！」

思わず言葉を荒げてしまう。

確かに恭一が来てから、水樹はかなり忙しくなった。

けれど新人の指導という仕事はやり甲斐《がい》があったし、少しずつ成長する恭一を見ていると、自分も成長していくようで嬉《うれ》しかったのだ。だからこそ、一生懸命にやってきたのだ。

「納得がいかない」

水樹は食い下がった。

「有藤《ありとう》さんが戻るまで、あと何日もないじゃないか。こんな半端なところで担当を変える必要はないよ。恭一くんだって、仕事がしにくいはずだし」

「……しにくいですか？　林、恭一くん」

篠宮は、妙にゆっくりと名前を呼ぶ。恭一は俯《うつむ》いたまま顔を上げない。

「石花チーフにはもうさんざん、教わったはずです。残念ですが、チーフはあなただけのものではないのでね。独占されては困る」

「ちょ、篠……」

あまりにも篠宮らしくないセリフに水樹は驚く。口を挟もうとした水樹を無視して、篠宮は冷淡ともいえる口調で続けた。

「なるほど、きみは実に熱心でした。フロア、厨房、倉庫……すでにひととおり見て回ったはずですね。昨日はチーフからうちの取引先について説明も受けていた。あれも、きみが知りたいと言ったんですね？」

「べつに構わないだろ。カフェ経営にも興味があるっていうから、俺が教えたんだ」

「チーフ、あなたには聞いてませんよ」

ぴしゃりと言われて、水樹は口を噤《つぐ》む。そんな言い方しなくてもいいのにと、甘えたことを考えてしまった自分が情けない。

恭一はゆっくりと顔を上げた。

さぞ怯《おび》えた顔をしているだろうと予想していたのだが、まるで仮面を被《かぶ》ったかのように無表情だった。こんな顔をする恭一は初めてだ。

「店長の、仰《おっしゃ》るとおりにします」

暗い声が答えた。

きっと、ひどく傷ついている。あの明るい恭一にこんな声を出させたことが悲しくて、水樹は篠宮を睨《にら》みつける。尖《とが》った視線を受けた篠宮は僅《わず》かに眉を寄せたが、水樹に言葉をかけることはなかった。

「では本日より、きみの指導係は私です。まずは今日の仕事が済んだあと、事務所に来てください。今後のことを——お話しさせていただきます」

「待てよ、まだ俺は」

「話は以上です。ふたりとも急いでフロアへどうぞ。土曜日ですからね、混んでいますよ」

とりつく島もなく、篠宮は事務所から出て行ってしまう。水樹はいまだかつて、あんな態度を取る篠宮を見たことがない。

「なんなんだよ、あれ……恭一くん、俺あとでもう一度、店長と話すから」

「はい……でも」

篠宮が消えた途端、顔一杯に悲しみの色を湛《たた》えて恭一が肩を落とした。

「大丈夫、俺だってちゃんと最後まできみの面倒を見たいんだ。とりあえず、今は仕事しよう。ランチタイムだから頑張ろうな？」

ぽんぽん、と背を叩《たた》いて励ます。

恭一は小さく頷《うなず》き、ふたりで店内へと急いだ。恭一はフロアに出て、水樹はカウンターの中に入る。ランチタイム時、水樹の主な仕事はドリンク全般の用意だ。コーヒーはもちろん、エスプレッソマシンやジューサーを使ってさまざまなドリンクを作る。

それにしても、篠宮の様子は変だった。

どんないやな客に対しても礼儀を忘れず、店の中ではいつだって穏やかな彼らしくない。やはり昨夜なにかあったのだろうか。よほど大きなトラブルが起きて、気持ちがいらいらしているとか——篠宮だって人間だから、そんな日もあるはずだ。

消毒石鹸《せっけん》で手を洗いながら、気持ちを切り替えようと努力する。レジで精算をしている篠宮が視界に入ったが、あえて見ないようにした。気持ちが動揺していては、繊細なコーヒーを淹《い》れることはできない。

「あれ、今日はこっちなのね」

「要先生《かなめ》、いらしてたんですね」

歯科医の要先生がカウンター席でランチを食べていた。

「土曜の診療は午前だけなの。今日はゆっくりランチがいただけたわ」

「そうでしたか。本日のランチはお気に召しましたか？」

「ええ、すごく美味《おい》しかった！　実はたまたま一昨日も別のところでボルシチを食べちゃったところなんだけど、それが結構美味しくてね。もう一度食べたいなあと思ってたら、ちょうどここでランチになってて、なんだかラッキー」

別のところ？　それはもしかして『manor house』のことだろうか。

聞いてみたい気はしたが、他の客も聞いているときに他店の噂話は見苦しい。それに、水樹には『manor house』のボルシチが「もう一度食べたくなる」代物だとは思えない。あのトマトシチューとうちのボルシチを同じに扱ったら、坂井《さかい》に怒られてしまう。きっと、別の専門店かなにかだろう。

要先生にデザートの皿を出す。

白い平皿に、レギュラーサイズよりは小さめにカットした林檎《りんご》のタルトが載り、脇《わき》には二種類のジェラート、さらにキャラメルソースがかかっている。

「わ、美味しそう。今日のジェラートはなあに？」

「バニラと洋なしです。バニラのほうはカラメルソースと一緒に食べても美味しいですよ」

満面の笑顔で要がデザートスプーンを上げる。

フロアからは、子供の笑い声が響いている。フリルのついたワンピースがよく似合う、おしゃまな女の子がパフェに夢中になっていた。

控えめなBGMはモーツァルトだ。大きな窓から冬の日射しが入り、店内はほどよく暖かく、実に心地よい週末の光景となっていた。

——その騒音が響くまでは。

ガッシャンとなにかが割れる派手な音に、グラスを磨いていた水樹が顔を上げる。

誰もが息を呑《の》んだ直後、子供の悲鳴が上がる。

「あぁぁあん、熱いよォ、ママ、熱いよう！」

「きゃあ！」

子供の母親が立ち上がって叫んだ。勢い余って椅子が倒れる。

その横で恭一が呆然《ぼうぜん》と立ち尽くしている。手にはトレイ……今は床で粉々になっているティーポットが載っていたはずのトレイを持っていた。

篠宮がレジから飛び出す。

パニックを起こし、ありさちゃん、ありさちゃん、とただ子供を呼ぶだけの母親を押し退《の》けて六歳くらいの女の子を軽々と抱え上げた。

「なにをするの！」

「失敬」

泣き続ける子を抱き、篠宮は厨房に走り込む。シンクの前で驚いている坂井に「氷！」と命じ、蛇口のレバーを押し下げた。

水が勢いよく迸《ほとばし》る。

業務用の大きなシンクで水に晒《さら》され、子供はますます泣きわめいた。

「ママ、ママ、うぇぇん、熱い、冷たい、痛いよう！」

女の子は涙と鼻水まみれで叫びながら、篠宮から逃れようとする。小さな手が顔をひっかくが、篠宮は彼女を放さない。むしろしっかり抱え込んで、頭を撫《な》でる。

「ありさちゃん」

篠宮が優しく、女の子の名前を呼んだ。

「うぇぇん、いやだよう、ママぁ！」

「ありさちゃん、ごめんね。でも、熱いのがかかったから、冷やさないといけないんだ」

「冷たいよお、うぇぇ。おようふく、ぬれてるよぉ……」

「ごめんね。でもきみのきれいな足に火傷《やけど》の痕《あと》がついたら、大変だろう？　可愛いお洋服はちゃんとクリーニングして返すよ。それに、新しい服もプレゼントする。ありさちゃんに似合うのは何色だろう？」

ぐすっ、とありさちゃんがしゃくりあげる。

「……ありさ、ピンクがすきよ」

「わかった。ピンクだね」

厨房に通された母親に手を握ってもらい、いくらか安心したのか、涙も少しずつ治まってきている。あの様子だと、火傷はさしてひどくないのだろう。

「この服みたく……リボンがついてるのがいい……」

「忘れないように、あとでちゃんとメモしておくよ。……紅茶がかかったところ、どうかな？　もう痛くないかな？」

泣きやんだありさちゃんは鼻の下を擦りながら「つめたくてわかんない」と答えた。

「私、歯医者だけどお役に立つかしら？」

水樹とともに見守っていた要先生が申し出てくれた。

「ありがとうございます。お願いできますか？」

篠宮はありさちゃんとその母親、そして要先生を事務所に通す。自分も一緒に事務所に入る直前、水樹に「店を頼みます」と視線で合図をしてきた。

そうだ、ボンヤリしている場合ではない。

水樹はすぐにフロアに戻り、まだざわついている客に向かって「大変お騒がせして申し訳ございませんでした」と深く頭を下げる。それに倣《なら》って、他のスタッフも同時にお辞儀をし、散らかっていたテーブルは速やかに片づけられた。

女の子を心配している客には「そうひどい火傷ではないようですが、念のためお医者様に診ていただくことになると思います」と説明をする。しばらくするとフロアにも落ち着きが戻り、だがひとりだけ、動揺し続けている者がいた。

もちろん、恭一である。

「……ど、どうしましょう。僕はなんてことを……」

厨房の隅で震えている恭一に「しっかりしろよ」と活を入れる。

「いま火傷の具合を見ているところだから、終わったらちゃんと謝罪に行くんだぞ」

「よりによって、子供に、しかも女の子に……」

「しっかりしろって。大丈夫だよ、俺もチラッと見ただけだけど、少し腿《もも》が赤くなっていたくらいで」

「僕、きっとダメですね、もうダメです……せっかく石花さんにいろいろ教えていただいたのに……もうこの店で働けません……っ」

とても客前に出せる状態ではなかった。しかたなく、落ち着くまで休憩室で休んでいるようにと言い残し、水樹はまだまだ忙しいフロアに戻る。休憩室で十分も休めば、恭一も冷静になれるだろうと思ったのだ。

しばらくして、篠宮がフロアに姿を現す。

「店長。あの女の子は……？」

「火傷はごく軽いものでした。念のため、これから二丁目の小児科にご一緒します」

「そうですか。よかった……」

「で、あの粗忽者《そこつ》はどこにいるのかな。お詫びをさせなくては」

「恭一くんなら休憩室に……」

「いませんでしたが？」

え、と水樹は篠宮を見る。

いつになく厳しい顔になった店長は、凜々《りり》しい眉をキュッと寄せた。

「休憩室は見ましたが、誰もいなかった。さては……逃げられたか」

確かに、休憩室には通用口があるので、店舗を通らず帰ることは可能だ。

「そんな……逃げたりは……」

それでも恭一を信じたかった水樹だが、休憩室で見つけたものは、テーブルに置かれた制服だけだった。きちんと畳んではあるが、それを纏《まと》っていた中身はもういない。

ただ、一枚の紙きれが――『本当にすみませんでした』と書かれた紙切れが残っていただけだった。

ありさちゃんの火傷は、二、三日できれいに消えてしまう程度のものだった。すぐ冷やしたのがよかったですねと医者が言ってくれたおかげで、ありさちゃんの母親も篠宮の適切な処置に礼を言ったという。

「お礼どころか、ここがアメリカだったら訴訟ものですからね。とにかく丸く収まってよかった……一時はどうなることかと思いましたよ」

すでに閉店後で、水樹以外のスタッフはもう引き上げている。水樹は事務所の椅子に座ったまま、硬い表情で篠宮の報告を聞いていた。

「ああ、歯科にも寄って、ご挨拶《あいさつ》してきました。要先生はほんとうにいい方ですね。ランチの無料券を何枚かお渡ししておきました」

「うん……あの」

「ばたばたして今日はほとんど店にいられませんでしたが、きみがしっかりやってくれたので助かりました。疲れたでしょう？　なにか軽く食べて帰りますか？」

「いい。それより、恭一くんのことだけど」

篠宮はロッカーを開け、シンプルだが上質のコートを出す。

「……指導担当を変える必要もなかったですね。彼の研修は終了です。正式雇用はしません」

背中を向けたまま、予想どおりの返事が返ってきた。

「……もう一度だけ、チャンスをくれないか」

「あげられません」

「たぶん、今頃後悔してると思う。臆病《おくびょう》なところがあるけど、真面目な子なんだ。今までだって、努力してたし」

「水樹」

カシャン、とロッカーを閉めて篠宮が振り返る。

「彼はだめです。私の王国に迎え入れることはできない」

いつになく、頑《かたく》なな声だった。まるでなにかに怒っているかのような……いや、あんな騒ぎを引き起こしたのだ。子供に熱い紅茶をかけてしまうのは、皿を割るのとは違う。いくら温厚な篠宮でも怒るのは無理もない。

確かに『ruffle』は篠宮の王国だ。

つまり、彼が絶対権力者であり——ここでは水樹は雇われ人にすぎない。

「頼むよ。……店長、お願いします」

それでも水樹は諦《あきら》めきれなかった。椅子から立ち上がって、頭を下げる。

この十日あまり、自分なりにできる限りの方法で恭一の指導をしてきた。恭一もそれに応《こた》えてくれた。水樹が目標だと、水樹のようになりたいとまで言ってくれたのだ。

こんなところで突き放したくない。あの笑顔を気に入っているお客さんだっていたのだし、なにより、水樹自身が恭一の屈託のない笑顔を好きだった。

けれど篠宮の決心は固かった。

「水樹、彼は諦めなさい」

「なんで。だって、女の子の火傷はたいしたことなかったんだろ?」

「彼が紅茶を落とした事実は変わらない」

「誰にだってミスはあるよ。あいつにきちんと謝罪をさせて……」

「ひとつ間違えば身体に痕が残ったんですよ。とにかく、林恭一はだめです」

コートについた埃《ほこり》を払いながら、ひたすらにNOを繰り返す。

「なら、俺もクビにしてくれ。あいつのミスは指導係だった俺の責任だ」

「なにを言い出すんですか。責任を問うなら、そもそもは私が悪い。きみに指導係をさせた私の采配ミスでした」

「……なにそれ。俺は指導係に適してないってこと? だから途中で変えようとしたのか?」

「そういう意味ではありません。林恭一自身に問題があったのです」

「そんなことない。あいつは素直でいい奴だよ」

「たった十日でなにがわかるんです?」

「十日だけど、ほぼ毎日、何時間も一緒だったんだ。人となりくらいはわかる」

篠宮がゆっくりと振り返り、やっと水樹の顔を見た。眉間《みけん》に刻まれた皺《しわ》が「困った人だ」と語っている。

「水樹、きみはわかっていないんです。あの男はきみが思っているような人間ではない」

わかっていないのはどっちだ。

悔しくて悲しくて、水樹は奥歯を噛《か》みしめる。

「あんたは結局……俺の意見なんか無視するんだ……ッ」

「水樹……？」

ぎゅっと拳《こぶし》を握ったのは、必要以上に感情が零《こぼ》れ落ちそうだったからだ。

「俺は、俺にできることを、してきたつもりだ。そりゃ……たいした役には、立ってないだろうけど……有藤さんと比べられれば、役立たずって思われてもしょうがないけど……ッ」

「みず……」

「あんたにとっては、苛《いじ》めるのが楽しい、飼い猫程度の存在かもしれないけど、だからあんたは俺を、あんなふうに扱うのかもしれないけど、……それでも、それでも俺は……！」

「誰もそんなことは言ってない。落ち着きなさい、水樹」

強い腕に引き寄せられ、抱き締められる。

けれど水樹は思い切り身体を捻《ひね》って、篠宮の腕を振りほどいた。いつも心地よいはずの腕の中に、なぜか今夜は収まりたくない。抱き締められ、撫でられ、この気持ちをなあなあにされるのはいやだった。

「お、俺のことはどうでもいいんだ」

篠宮が困惑顔を見せている。

「お願いだよ。恭一くんに、もう一度だけチャンスをやってくれ」

おそらく自分は――あの不器用な新人に、己を重ねて見ているのだろう。

もしも水樹にコーヒーを淹れる腕前がなかったら？　カフェで働いた経験などない、ただの粗暴な若者だったとしたら、篠宮は水樹を雇ってくれただろうか？

「彼はだめだ」

つけいる隙《すき》のない声。

「私は『ruffle』の店長として、彼を雇用することはできない」

怜悧《れいり》な目が水樹を射抜く。ああ、この男はこんな顔もするのかと初めて知る。もうなにを言っても無駄だとわかった。

篠宮が一歩近づく。

よく磨かれた上等な靴が目に入る。水樹の父親など一生履かないだろう、高価な革靴。

ときどき、篠宮は遠い存在になる。

水樹は緩慢に首を横に振った。

「あんたがなにを考えてるのか……わからない」

「水樹」

遠い。

今夜の篠宮はもの凄《すご》く遠い。

じりじりと後ずさりながら、水樹は言った。

「あんたと俺は……なんだかすごく違う人間のような気がする。本当のことをいえば、あんたを理解できたと思えたことなんか、一度もない。俺はあんたがわからない。なんで恭一くんを許せないのか、なんで俺なんかを抱いて楽しいのか——ぜんぜん、わかんねえよ」

言葉が終わると同時に、篠宮に背を向ける。

手にしていたコートを羽織る間も惜しんで、走るように事務所を出た。水樹、と呼ぶ声が何度か背中に届いたが、振り返りはしない。

わけもわからず、胸が痛かった。

なにが気に入らないのだろう。恭一がやめさせられることか。篠宮が自分の頼みを聞いてくれなかったことか。有藤ばかりを頼りにしていることか。

ぜんぶそうだとも言えるし、ぜんぶ違うとも言える。

価値のない自分がいやなのだ。図々しいことに、水樹は自分と篠宮を比べているのだ。人間として、男として、カフェに携わる者として——対等でいたいなどと思っているらしい。

「……アホか。無理だろ」

自嘲《じちょう》の呟《つぶや》きを漏らすと、鼻の奥にツンときた。泣きそうになっている自分に慌てる。目尻《めじり》にたまった涙を乾かす勢いで、冬の夜道をズンズン歩き、意味もなく駅の周囲を二周した。

いいかげん寒くなったところで止まり、やっとコートに袖を通す。

もう十時を回っている。線路脇の道路は人影も少ない。

乱れた息が、白い水蒸気となって闇に浮かんでいる。どうしようか。篠宮の家には帰りたくない。かといってこの情けない顔を、父に見せるのもいやだった。

ポケットの中で携帯が震える。

取り出すと、液晶には篠宮の名前があった。そのまま無視してポケットに戻す。きっと呆《あき》れていることだろう。どうして水樹が癇癪《かんしゃく》を起こしたのか、きっと彼には理解できない。

もう少し、出来の悪い男だったらよかったのに。

ときどきはパチンコで二、三万もスッてくるような、高校時代のアルバムは恥ずかしくて人に見せられないような、実はいまだに少年漫画誌を愛読しているような、その程度の男だったら、水樹はこんな気持ちにならなくてすんだのに。

さっきから震え続ける携帯がうっとうしい。

電源を落としてしまおうと、もう一度ポケットから出し、水樹は慌てて通話ボタンを押した。

篠宮からではなかったのだ。

「もしもし、恭一くん?」

『チーフ……』

頼りなげな声が聞こえ、思わず道端に捨てられた子犬を連想してしまう。

「どこにいるんだよ！　すごい心配したんだぞ！」

『すみません……だって僕……石花さんにも店長さんにも合わせる顔がなくて……』

「いいから、いまどこにいるの！」

か細い声が『manor house』です、と答える。

「え……？　だってもう閉店してるだろ？」

『今夜は特別に十時半まで営業らしくて……もう、ほとんどお客さんはいないんですけど』

「じゃ、そのまま待ってろ。すぐ行くから、いいか、そこ動くなよ？」

ある意味、ちょうどいい場所だった。もしかしたら、篠宮は水樹を捜しているかもしれないが、まさか『manor house』にいるとは思わないだろう。小走りに商店街まで戻って、確かにまだ灯《あか》りの点《つ》いている店内に入る。

「石花チーフ……」

奥のテーブル席に、ひとり恭一が腰かけていた。水樹を見て泣きそうな顔をし、なにより先に「すみませんでした」と頭を下げる。

「……まったく……仕事中にいなくなるなんて、そりゃやだめだろ」

「はい……なんか……いたたまれなくて……」

「そりゃ、気持ちはわかるけど……あ、ダージリンください」

かしこまりました、とウェイターが下がる。

他にスタッフの姿は見えない。たしか、通常は九時閉店だと聞いていたが、なぜ今夜に限って遅くまで営業しているのだろうか。

「……僕、クビですよね」

俯きがちの問いに、ため息で答える。

「……当然です。お客様に火傷させるような店員、クビであたりまえです」

「けど、あの子はたいしたことなかったんだぜ？」

「店長さんの処置がよかったからですよ。……石花さん、あの……聞いていいですか」

「なにを？」

「店長さんと、つきあってるんでしょ？」

もう少しで手にしていたグラスを落としてしまうところだった。瞠目《どうもく》して恭一を見たはいいが、なにを言えばいいのかわからず、水樹はただ口をパクパクさせる。

篠宮と水樹の関係を知っているのは有藤だけのはずだし、有藤が誰かに言うことは考えにくいし、そもそも恭一は有藤とは会っておらず——。

「なっ……ど……」

「篠宮店長のこと、好きなんですか？」

「す、好きって……ええと……」

「あの人、へんな趣味あるでしょう？　あなたを縛ったり、苛めたり……」

水樹は開けっ放しだった口を思わず閉じる。

でなければ心臓が飛び出すのではないかと思ったのだ。それくらい、驚いた。なぜ恭一がそんなことまで知っているのか。

「そういうの、水樹さんも好きなんですか?」

「な、なに言って……」

「いえ、もちろん水樹さんが根っからのボトムだっていうなら、僕なんかの口出しすることじゃないけど」

「ボ、ボトム?」

「マゾともいいますけど。被虐趣味。苛められて、嬉しい人」

淡々と説明する恭一の顔が、いつもと少し違っていた。

「ちょ、ちょっと待ってくれよ。そもそも、どうしてきみがそういう……」

「お待たせしました」

ウェイターの登場で、水樹のセリフが止まる。ふたりしかない店内で、ボトムだのマゾだの……そういう会話はとてもしにくい。

「あれ、俺、紅茶しか頼んでないけど……」

目の前に置かれたのは以前、恭一が食べたボルシチセットだ。ウェイターはにっこり笑って「サービスです」とだけ言い、立ち去っていく。

「な、なんだろ、これ」

「閉店間際のお客さんへの特別サービスじゃないですか？」

「ああ、そういう……ええと……なんの話だっけ……」

混乱しながらも水樹はスプーンを取る。むしろ、混乱のあまりなにかしていないと落ち着かなかったのかもしれない。

「そうだ。恭一くん、きみどうしてそんなこと知ってるわけ？」

「そんなことって？」

「だから、店長の、その……プライベートっていうか…………ん……？」

ボルシチを一口食べて、水樹の動きが止まる。

味が、違う。

前回の時と、まったく違う。続けて口に運べば、その違いはますますはっきりする。

「これ……トマトじゃなくて、ビートを使ってる……」

鮮やかな赤と、独特の風味。皿の中央を飾るサワークリームの白。添えられたパンはきちんと温まっている。

「味はどうです？」

「……よくなってる」

呆然としながらも、水樹はその事実を認めた。

より本格的になり、『ruffle』の味に近い。要先生が言っていたのは、このボルシチのことかもしれない。

「進化したみたいですよ、ここ。紅茶も飲んでみてください」

促されてダージリンを味わえば、舌がよく知っている味と香りだった。『ruffle』で使っている茶葉と同じメーカーのものではないだろうか。

「それでね石花さん。篠宮店長なんですけど」

恭一の声音が変化していた。こんなふうに、静かに淡々と喋《しゃべ》るのは聞いたことがない。いつもどこか落ち着きのない様子で、でも明るく笑って、石花さん、石花さんと——。

「あなたには合わないと思います」

「合わない……?」

「ご自分ではどうお考えですか? 年齢、性格、金銭感覚……いろいろ違いすぎて、ストレスがたまったりしませんか?」

年齢は十以上違う。性格も似ているとは言いがたい。金銭感覚——相当違う。

「あの人、若い男を手元において、自分好みに仕立てるのが好きなんですよ」

「……仕立てる……」

「意味、わかるでしょう? ……おや、どうしましたチーフ。なんだか身体がゆらゆらしていますよ?」

ゆらゆら？

ああ、そうか。なんだか恭一の顔がずいぶん動くと思ったら、相手ではなくて自分が揺れていたのか。

「身体が……なんか……ヘン、だ……」

「それはいけませんね。どんなふうに？」

微笑みながら、恭一が観察するように水樹を見ている。

だが、その顔も次第にぼやけてきた。目の焦点がなかなか合わない。頭がひどく重くて、支えているのがしんどい。

「俺……すごく……眠……」

「眠い？」

「――ん……」

頷くだけのつもりだったのに、そのまま頭がガクンと落ちてしまう。

ガシャンとひっくり返ったのはたぶん紅茶のカップだろう。鼻腔《びこう》をダージリンの香りが掠《かす》めるのがわかったが、水樹は頭を起こすことができない。

「石花チーフ？　こんなところで寝てしまうんですか？」

どこか楽しげな恭一の声を聞きながら、水樹は真っ暗な睡魔の淵《ふち》へと落下していった。

4

携帯の着信音が聞こえる。

しつこく、いつまでも鳴っている。

……おかしいな、マナーにしてあるはずなのに。

携帯をどこにおいたっけ？　なんだか妙だ。身体がひどく怠《だる》くて、瞼《まぶた》がなかなか開いてくれない。手足がずうんと重く、シーツにくっついてしまったかのように動かしにくい。

「しつこいね。さっきから、何度も鳴ってる」

聞き覚えのある声にぎくりとし、水樹は一気に覚醒《かくせい》した。

目を開けると、眼前に自分の携帯が翳《かざ》されている。流行の音楽を奏でながら、液晶に浮かぶのは『篠宮店長』の文字だった。

「なっ……」

携帯を取ろうとした途端、肩の関節が悲鳴を上げる。

水樹の両腕はばんざいよろしく上方向に掲げられ、左右それぞれベッドの支柱に括《くく》りつけられていた。これでは腕の動かしようがない。

「なんなんだよっ、これは！」

身じろいでいるうちに、携帯電話はゆっくりと遠ざかり、やがて音楽がぶつりと途切れる。

携帯を手にしていた恭一が電源を落としたのだ。

「うるさいから、切っておこう」

にっこりと笑って、言う。

ここはどこだ。俺になにをした。

これからどうするつもりだ。

——問いただしたいことが多すぎて、どのセリフから怒鳴ればいいのかわからない。

勢いをつけて腕を引いてみたが、手首をがっちりと拘束した紐は緩みそうもなかった。首だけを起こして見える風景は、広いが殺風景な部屋——打ちっ放しのコンクリート壁に、黒い床と必要最小限の家具。部屋の隅には段ボール箱がいくつか積み上げられている。

「僕の部屋だよ。まだ越してきたばかりでね」

水樹の疑問を見透かすように、ベッドの端に座った恭一が言う。

「睡眠薬入りのボルシチは、美味しかったかな?」

「てめ……『manor house』とグルだったんだな?」

「グルというのとは、ちょっと違うかなあ」

「スパイだったんだろうが!」

「うん。それはいい線だね」

ギッ、とスプリングが鳴った。

恭一がベッドに乗り上がったのだ。水樹のすぐ脇であぐらをかいて座り、じっと水樹を見下ろした。無垢《むく》な印象ばかりが強かったその瞳の奥に、今は狡猾《こうかつ》な光が垣間《かいま》見える。

水樹は恭一を睨み返した。

悔しかった。この男の本性を見抜けなかった自分が情けない。

「改めて自己紹介しようか。僕の本当の名前は武本倫《たけもとりん》。林恭一っていうのは、小学校の時の同級生の名前だ。いじめられっ子でね、いつもめそめそしていたな」

「……名前まで嘘っぱちだったのかよ」

「そう。僕はね、嘘つきなんだよ水樹。ちなみに職業はカフェ経営」

「まさか……おまえ……」

「そう。僕が『manor house』のオーナーだ。もっとも個人事業じゃなくて、ある企業に属している身だけれどね」

恭一の……もとい、武本倫の顔が近づいてくる。

いけしゃあしゃあとした顔をして、悪びれる様子などかけらもない。

「履歴書もぜんぶ嘘だし、こう見えてもきみより年上の二十八歳。童顔もたまには役に立つものだね。しょっちゅう配膳を失敗していたのも嘘だし、悲しくもないのに涙ぐむなんてお手の物だし、DVオヤジのつらい思い出も真っ赤な嘘」

「……子供に紅茶かけたのも、わざとか」

「もちろん」

「なんでそんなこと……」

フフン、と倫は鼻で嗤《わら》う。

「有藤が留守ならもう少し保つかと思ってたんだけど、どうやらバレたらしいからね。どうせなら最後に、『ruffle』の評判が悪くなるようにヘマを置き土産にしようかと思って。あの時の篠宮の慌てようは見ものだったねえ、ははは……がッ……」

かなり顔が近くなったところで、ガツンと頭突きを喰《く》らわせてやった。

水樹の額も相当痛かったが後悔はない。できれば殴り倒してやりたいところだが、今のところこれが精一杯だ。

「……あいたた……きみって人は……きれいな顔をしてるくせに乱暴者だね……」

「人を外見で判断すんじゃねえ」

「そのセリフはそのままお返しするよ。僕を外見で判断しなければ、こんなことにはならなかっただろうに」

痛いところをつかれてしまい、水樹は黙り込む。

「まあしかし……やんちゃな猫も悪くない。……ねえ水樹、篠宮なんかやめて、僕の恋人にならない？」

「つまんねえ冗談だな」

「冗談かどうか、試してみる？」

いきなり唇を塞がれ、水樹は抗《あらが》った。懸命に顔を背けるのだが、倫は執拗に追いかけてくる。むしろ逃げる水樹を面白がっているようですらあった。せめて足をばたつかせようとするのだが、上からしっかりと体重をかけて押さえつけられ、身動きがとれない。

「……う……」

息苦しさに口を開けると、まんまと舌に潜入されてしまう。慣れたキスは、決して乱暴ではない。それでもねっとりと舌を絡め取られ、水樹は鳥肌を立てた。いっそ相手の舌を噛んでやろうかと考えた瞬間、股間《こかん》を強く握られて「ヒッ」と喉《のど》が鳴った。

「へんなことを考えないように」

「ぐ……は、放せ……ッ」

「さて、困ったな。僕はべつに水樹を犯したいわけじゃない。篠宮みたいに苛めたいわけでもなくて……気持ちよくなって欲しいだけなんだよね」

ふいに身体が軽くなる。倫がベッドから離れたのだ。

だがほっとしたのも束の間、倫はすぐに戻ってきて、水樹の下半身に手をかける。

「や、やめろっ！」

脚を蹴《け》り上げて必死に抗うが、膝《ひざ》の上にギュッと体重をかけられてしまうともう動けない。

「縛る前に上も脱がせればよかったなあ……。まあ、こういうのも趣があっていいか」

水樹は為す術《すべ》もなく、上半身のニットはそのままに、ウールパンツと下着だけを取り去られてしまった。羞恥《しゅうち》と情けなさで身体が熱くなる。ほの赤く染まる太腿に、倫の手のひらを感じてビクリと震えた。

「さ、触るなッ！」

「すべすべだ」

「触るなって言ってんだろ！」

「大丈夫、そのうち触って欲しくて身体をくねらせるようになる……ほら」

「あ……ッ！」

片脚を抱えられ、なにか小さな固まりが水樹の最奥に触れる。

それは倫の濡《ぬ》れた指先によってグイと内部へ押し込まれた。座薬を入れられた時のような異物感に、水樹は息を呑む。いやな予感がした。

「中で溶けるタイプの潤滑剤だよ。きみが痛くないように」

「こ……の、やろ……」

「刺激剤が混ざってるから、中が熱くて痒《かゆ》くなるけど、身体に害はない。僕は試したことないけど、なかなか凄《すご》いらしいよ。ああ、でも、こんなのはしょっちゅうあいつに使われてるのかな？」

「放せ！　……はな……」

闇雲に身を捩《よじ》ってもただ疲れるだけで、身体の奥に入り込んだ薬剤がとれるはずもない。

「きみには礼を言わなくちゃならない――そもそもの僕の目的は『ruffle』に入り込み、仕入れ先やレシピ、店員教育や経営の細かなノウハウを盗むことだった。そういう意味では確かにスパイだ。水樹、きみの存在にはずいぶん助けられたよ。懇切丁寧に、いろいろ教えてくれてありがとう」

「あ……」

水樹は愕然《がくぜん》とする。

配膳方法。ドリンクの作り方。

倉庫整理では、取り引きメーカーについての詳細も教えた。

ランチが美味しいですねと言われれば、坂井がどんなふうに調理しているかも知っている限り喋った。『ruffle』という店がどう素晴らしいのか、毎日とくと説明した。

仲間だと思っていたからだ。

無事に試用期間を終えたら、一緒に働く仲間だと信じていたからだ。

「一緒に『manor house』に行った時も、とても勉強になった。どこをどう改善すべきなのか、具体的にわかったからね」

「ちく……しょ……」

「有藤が戻ってきたら、僕の正体はすぐにばれる。だから時間があまりなかった。さっさと必要な情報を揃《そろ》えて、仕上げに『ruffle』の評判が落ちるような失敗のひとつもしでかして、退散する気でいたのに、予定より、長居してしまった——きみのせいだよ、水樹」

倫の指が、水樹の髪を梳《す》く。

「悔しいけど、篠宮の趣味はいい……」

「……う……」

「薬が効いてきたかな……？　きみに乱暴はしたくないんだ。僕はあいつと違ってサディストなんかじゃないからね」

「くっ……人のこと縛りつけといて……なに言ってんだ……ッ」

「仕方ないよ。きみと僕ではウエイトの差がほとんどないんだから。けど、確かに……」

「……っくしょ……あ……」

「こんな姿を見ていると……ちょっと苛めてみたくなるな……」

薬を入れられた箇所が熱い。

小さな孔はビクビクと勝手に収縮を始めている。入り口も、奥も、むず痒くてたまらなくなってきた。

「きみは信じないかもしれないけど、僕は本気なんだよ」

ニットの裾《すそ》から手が忍び込み、倫の乳首を軽くひっかいた。

「ッ……あ……」

熱はもはや全身にまで行き届き、自分の吐息までが熱い。上半身に纏わるニットが邪魔で、誰かに切り裂いて欲しいと思うくらい、皮膚が滾《たぎ》っている。

「……きみは変わるかもしれない——なんて、言われたのは初めてだった。あんな真剣な目で、本気で僕の可能性を信じて……あれには、やられたな」

「ふ……う、あ……」

上衣がたくし上げられ、左の乳首に唇が落とされる。すでに充血した尖りを、舌でより育てられる感覚に水樹は震えた。

「い、やだ……」

快感を否定はできない。耐えきれない熱さに身体は煽《あお》られ、今にも陥落してしまいそうだった。だが、それを上回る嫌悪感がある。

「やだ……いやだ……し……篠宮さ……」

皮膚感覚はイイと判断しても、心がイヤだと叫んでいる。

こんな経験は初めてだった。何人もの男とつきあって、行きずりの関係もあって、気持ちなど伴わなくてもセックスはできたのに。好きでもない相手とだって、それなりに楽しめたはずの身体なのに——どうして今はこんなにイヤなのか。心が苦しいのか。

「や……漣《れん》……ッ」

「……そんなふうに、あいつを呼ぶの？　いいよ、今夜だけはいくらでも呼べばいい。一晩かけて、きみを変える。篠宮のところへは帰れなくする」

口づけられながら、形を変えつつある性器を撫でられた。

「ん……う、うーッ」

いやだ、絶対にいやだと、水樹は渾身《こんしん》の力で暴れる。手首のロープがぎしぎしと音をたて、こすれた皮膚が破けるのがわかる。それでも水樹は抵抗し続けた。

「放せ、はな……はな、せ……ッ」

「いい加減おとなしくしろ！」

水樹を押さえつける倫の息も上がっている。しつこい抵抗に焦れた倫が、とうとう水樹の頬《ほお》を平手で叩いても、水樹はまだ身体を捩り続けた。

そしてふと、気がつく。

ああ、そうか――この身体はすでに水樹のものであって、水樹のものではないのだ。

この身体は、篠宮のもの。

触れていいのは、篠宮だけ。自由にしていいのは、篠宮だけ。

水樹が許可し、受け入れ、すべてを与えるのは――篠宮だけなのだ。だから篠宮以外に触れられることを強く嫌悪してしまう。

いつのまに、こんなに好きになってしまっていたのか。

とうとう力尽き、四肢を脱力させながら水樹はもうひとつ気がつく。ここまで誰かを好きになったのは、初めてだということに。

「……ったく……手間のかかる人だ……」

水樹の脚の間に身体を入れ、息を切らしながら倫が呟く。深く膝を曲げられたその時、ベキッという異音が室内に響いた。

「……なんだ？」

倫が顔を向けた方向には、恐らく出入り口へと続くであろう廊下があった。

続けて、バキッ、ベキベキッという音がその先から聞こえてくる。

「まさか……あいつ、ドアを……ッ」

跳ねるように倫がベッドから下りたのと、なにか大きなものが外れるガコッという音がしたのは同時だった。どかどかと遠慮のない靴音がして、黒いコートの男が水樹の目に飛び込んでくる——片手にバールを持っていた。

「……水樹！」

篠宮だった。

こんなに恐ろしい形相の篠宮を見るのは、まちがいなく初めてだった。ベッドの上に拘束された水樹をひと目見るなり、憤怒像のように剝《む》かれた目がますます強い炎を宿らせる。思わず水樹のほうが、バールで頭を割られる倫を想像してびびってしまったほどだ。

だが、ドアを枠ごと破ったバールは床に投げ捨てられた。

篠宮は倫に突進し、あまりにも体格差のある身体の襟首《えりくび》を軽々と摑《つか》んで引き寄せ、もの凄い勢いの平手を喰らわせた。しかも三発続けてだ。

「ぐ……」

倫の鼻から真っ赤な血しぶきが飛ぶ。

「……水樹ッ、大丈夫か！」

殴るだけ殴ると、倫を放るように突き放して、篠宮は水樹のもとに駆け寄った。剝き出しの下半身にシーツをかけ、器用な指先がロープを外してくれる。

「うっ……」

「痛いか？　見せてごらん……脱臼していたら大変だ」

ずっと上がっていた肩は関節が強《こわ》ばり、すぐに腕を下ろせない。それでも脱臼までには至らなかった。篠宮は水樹の肩を慎重にさすりながら、そっと身体を抱き寄せてくれる。

「他に怪我は？」

「ない……と思う」

ふう、と篠宮が安堵《あんど》の吐息をつく。

「すまなかった……私のせいでこんな……水樹……」

「あんたのせいじゃないよ……あいつの正体に気がつかなかった俺がバカなんだ」

「違うんだ水樹。私が原因だ」

「……っ」

耳にかかる吐息に、ビクリと竦《すく》んでしまう。やたらと暴れたせいで身体の熱はますます高まり、皮膚感覚が敏感になっていた。

「……水樹？」

「ちょ……あんま、触らないで……」

「──なにをされた？」

「なにって、その……な、なんか薬みたいなのを……」

「飲まされた？」

違う、後ろに入れられた──と口には出せなかった。

「わっ……や、やめ……」

だが篠宮は返事に戸惑う水樹の顔を見てすべて察したらしい。

やおらシーツを捲《めく》り上げると、すっかり勃《た》ち上がったそこを確認され、そればかりか、尻の狭間《はざま》に手を入れられてしまう。溶け出した薬で濡れる最奥まで知られ、水樹は篠宮の肩に縋《すが》りついたまま「やめてくれ」と懇願した。

「あの野郎……」

篠宮が珍しく乱暴な言葉を吐き、水樹にもう一度シーツをかけてからベッドを下りる。

「有藤、水樹を頼む」

「はい」

「えっ？」

いつのまにか、アロハシャツの上にダウンジャケットという出で立ちの有藤が部屋の中にいた。篠宮にばかり目がいって気がついていなかったのだ。少し日焼けした有藤は水樹の惨状を見るとヒョイと眉を上げ「災難でしたね」と冷静に言う。

「私も災難でしたよ。いきなり国際電話がかかってきて、いまからすぐ帰ってこい、ですからね……恋人にふられたら、店長に責任を取ってもらわないと」

いつもどおりの淡々とした有藤が、とても頼もしく思える。

一方で篠宮は床にへたり込んでいた倫の前に仁王立ちになっていた。

「立ちなさい」

篠宮の命令口調に、倫が「はっ」と短く笑う。腫《は》れた頬を押さえ、いくらかふらつきながらも自力で立ち上がり、口の中の血をペッと吐いた。

ふたりは対峙《たいじ》して、睨み合う。

「……たいしたものですよ、倫」

先に口を開いたのは篠宮だった。

「滅多に怒らない私に、あんなものまで持たせるんですからね」

「僕もまさか、あんたがバール片手に乗り込んでくるとは思わなかったよ」

「次に水樹に手を出したら、扉じゃなくてきみを壊します」

「おっかないなあ。いつからそんな乱暴になったのさ、兄さん」

兄さん？

今、兄さんと言ったのか？

驚きのあまり、水樹は目も口もパカッと開けて有藤を見る。有藤は小さく頷き「武本倫。店長の、腹違いの弟さんですよ」と教えてくれた。腹違い……そういえば、以前に聞いたことがあったような気もする。

「現在は篠宮物産レストラン事業部のカフェ開発責任者です」

「じゃ……『manor house』は篠宮グループの？」

「ええ。傘下企業なんですよ。藤井沢《ふじいさわ》出店の話を聞いた時から、なにかあるんじゃないかとは思っていましたが……やれやれ。私は彼の顔を知っていましたから、留守を狙《ねら》って乗り込んで来たんですね」

有藤がため息交じりにぼやき、ふと思い出したように「お土産はマカデミアナッツチョコですよ。時間がなかったから、空港で慌てて買ったんです」と言った。真剣なんだか惚《とぼ》けているのかよくわからない。

一方で、向き合う兄弟は真剣そのものだった。

「私の店に潜入したことは許しましょう。今日まで見抜けなかった私の責任もあります。水樹から引き離せば、さっさと逃げるだろうと思っていましたが……こんな真似《まね》までするとはね。ずいぶんと汚い大人になったものだ」

怒りと憐れみの視線を投げられ、倫は口元を歪《ゆが》めて嗤《わら》った。

「ビジネスの世界は汚いものだろ？　兄さんだって篠宮不動産にいた頃は、いくらでもあくどい手段を使っていたはずだ」

「過去はともかく、現在私の周囲はいたってクリーンで、気持ちのよい職場です」

「……ふん。いい気なもんだよな。周囲の迷惑も考えないで、とっとと篠宮グループから逃げ出しておいて、悠々自適のカフェ経営ときたもんだ」

「長年の夢でしたから」

「突然跡取りにいなくなられて、グループ内は大混乱だよ。わかってんのか」

「承知していますが、私にはもう関係のないことです」

篠宮は冷淡なほどにあっさりと切り返す。

「おかげで僕に、白羽の矢が立った。愛人の息子だってのに」

「血縁者に限らず、優秀な人材がグループを継げばいいのでは？　それともきみはいやなのですか？　いやならさっさとやめなさい、私のように」

「無責任な奴だな」

倫は軽蔑《けいべつ》の眼差しで兄を見る。

「私は自分の人生以外の責任を取る気はありません。だから篠宮グループから退いた。……倫、なにが不満なんです？　いったい私になんの恨みが？　母上が亡くなったあとも、私は兄としてできる限りの支援はしてきたつもりですが」

「……あんたには、わかんないだろうさ」

なかなか止まらない鼻血を袖で拭《ぬぐ》い、倫は低く呟いた。

「欲しいものは全部手に入れてるあんたには……僕の気持ちがわかるはずない」

「ならば我々が理解しあうことは不可能ですね。水樹は連れて帰ります。……いいですか、二度と彼に触れないように。私は自制心が強いほうだと思いますが、彼に関してだけは自信が持てません」

「ハハ。あんたの猫ちゃんは素敵な手触りだったよ」

「…………」

言葉を失い、握り拳を固めた篠宮に「店長」と有藤が制止をかける。

「行きましょう、水樹くんがつらそうです」

「……わかりました」

篠宮は最後に倫をじろりとひと睨みすると、踵《きびす》を返した。

シーツにくるまった水樹は、篠宮に肩を抱かれるようにして、崩壊した扉を抜ける。

三人とも倫を振り返ることはなかったし、倫もなにも言わなかった。

階段を下りて表に出て初めて、水樹は自分が今までいたのが『manor house』の二階だったと知る。結構近所に拉致《らち》されていたわけだ。

いつのまにか、雪が降り出している。

「寒くないかい?」

「……ん。平気」

全身が火照っている水樹には、この寒さはむしろありがたいくらいだった。けれど雪の冷たさも、身体の奥の疼《うず》きまでは解決してくれない。

有藤の車に乗る直前、つむじのあたりに視線を感じた。

水樹は首を仰《の》け反《ぞ》らせて、上を見る。

窓辺に倫が立っていたような気がしたのだが、その影はすぐに消えてしまった。

シャワーの温度はかなりぬるめになっていた。

熱い身体を少しでも冷ましたい。いっそ冷水を浴びたいくらいだが、それでは風邪をひいてしまう。

「……んっ……」

水樹は浴室の壁に額をつけ、声を殺しながら怪しげな薬に冒された部分を洗浄していた。篠宮の家に辿《たど》り着くとなにより先に、ひとりでバスルームに駆け込んだのだ。

「……う」

自分の指を挿入するだけで、膝がガクガクと震える。もっとちゃんと洗わなければと思うのに、うまく手が動かない。

「水樹」

「は、入るな……っ！」

磨りガラスに映るシルエットに水樹は慌てる。こんなみっともない様を、篠宮に見られるわけにはいかない。

「水樹。入れてください。ひとりでは難しいでしょう？」

「だ、だめッ」

「もう三十分近く経ちますよ。そのままじゃ風邪をひいてしまう」

こんなときの篠宮は強引だ。だめだと言っているのに、入ってきてしまう。ワイシャツとスラックスを身につけたまま、シャワーの下で震えている水樹を背後から抱きしめた。

「少しは楽になりましたか？」

上がったままの息をつきながら、否定の方向に首を振る。

正直、どうしたらいいのかもうわからなくなっていた。疼くような痒みは、自分の指を差し入れている時だけいくらかは和らぎ、だが抜いた途端に新しい刺激を欲しがる。

「薬の成分はもう粘膜から吸収されているんでしょう。多少洗ったところで効能が落ちるものではないのかもしれません」

「じ……じゃあ、どうすればいいんだよ……」

「時間が経てば収まるはずです」

「どれくらい？」

「恐らくは数時間」

嘘だろ、と泣きたい気持ちになる。そんなにも長い間、この熱と疼きに耐えなければならないのか。

「――きみを苦しめてるのは私です……本当に……すまなかったと思っています」

「それは……もういいよ……」

「倫のことだけじゃない。私は……いい気になっていたのかもしれない。きみという理想の恋人を手に入れて、舞い上がっていたんです。すっかり浮かれて、きみの気持ちを考える余裕すらなくしていた」

「漣……？」

水樹を抱き締める腕は強いが、声はいつになく自信を喪失した色合いだった。

「……苛めるのが楽しい、飼い猫程度の存在……きみにそう言われたときは、心臓が止まるかと思った」

「それ、は……」

確かに言った。半分は本気で、だが半分は勢いだ。

「私の気持ちがきちんときみに伝わっていない……それがわかって愕然としました。確かに、私のセックスは、普通とは少し違う……きみがベッドで泣いているのを見ると、ひどく興奮してしまう性癖を隠すつもりはありません。けれどそれは……誓って言いますが、きみが本当に悲しくて、苦痛で泣いていてはだめなのです」

篠宮の鼻先が、水樹の肩に埋まる。

「私はきみを苦しめたいと思ったことなど、一度もない」

知っている。

たぶん、水樹は篠宮の気持ちをちゃんと理解している。言葉で説明するのは難しいが、心ではわかっている。つきつめていえば……愛されていることを知っている。

「わかってる、よ……」

だから、篠宮の頭を片手で抱いた。首を捻って、頬を寄せる。

「ごめん……あんたを、そんなに悩ませてたなんて……。俺、ちゃんとわかってる。わかってるけど……ときどき、少し怖かっただけなんだ。なんか、自分が変わっていくようで」

「水樹……」

ちゃんと伝えなければと思った。

年上で、大人で、頭のいいこの人だけれど、超能力者ではないのだ。水樹の気持ちを推し量ることはできても、本音を知っているわけではない。

ならば言葉で伝えなければ——たとえどれほど下手な言葉だろうと。

「ベッドの上で、あんたの思うままになるのは……その、たぶん……俺も好きなんだと思う。けど、仕事ではちゃんと役に立ちたかった。なのに実際は、有藤さんの十分の一も役に立たない自分が情けなくて……」

「そんなことはありません」

きっぱりと篠宮が言う。

「確かに有藤は優秀ですが、きみと比べられるものではない。たとえば今回……倫ではなく、林恭一のような人材が本当にやって来たとしたら、有藤ならば二日でクビにするでしょう。でもきみならば、時間をかけて『ruffle』にふさわしいスタッフに育てる——」

「時間かかりすぎだろ……？」

「時間をかけて人を育てることが、どれほど難しいか……けれどきみはそれをごく自然にやろうとしたんです」

「……一生懸命やったのは……あんたに認められたかったからだよ」

「水樹」

「だって俺……なんか……いつのまにか、あんたのことがすごく好きになってて……いっつも、あんたのことばっか考えるようになってて――」

水樹はゆっくりと身体を回転させ、向かい合わせに抱き合う。濡れたシャツの胸に抱かれ、篠宮の匂いに包まれる幸福を味わっていると、抱擁は次第にきつくなり、しまいには息も止まるほどとなった。

「あ……」

勃起したままのそれが、篠宮のスラックスの生地に刺激され、思わず喘《あえ》ぎが漏れる。

「な……漣……」

「どうしました?」

「れ……漣、俺……も、限界……」

「……なにが、です?」

水樹の耳を舐《ねぶ》りながら、わかっているくせに聞く。誤解が解けた途端、篠宮は本領を発揮し始めたようだ。

「からだ……楽にして……」

しがみついて、ねだる。

今回は非常事態なのだという言い訳が、水樹をいつもより大胆にしていた。

「私のやり方で？」

こくこくと頷く。

篠宮は微笑み、水樹にひとつ軽いキスをしてから、その場で身体を沈めていった。途中でカランに手を伸ばし、シャワーを止めてタイルに膝をつく。篠宮がなにをしようとしているのかを察して、水樹は思わず唾《つば》を飲み込んだ。

「……ぁ……あ……」

反り返るほどになった茎を、舌が伝っていく。ゆっくりと、往復しながら篠宮は水樹を見上げていた。じれったい愛撫《あいぶ》に頭を打ち振り、水樹は思わず「もっと」と口走る。

「もっと？」

「も……もっと……ちゃんとして……」

「どんなふうに？」

意地悪な質問に篠宮を睨むと、一番敏感な先端に舌を絡めながら笑っていた。ふだんの紳士ぶりからは想像もできない淫靡《いんび》な光景に、水樹は背骨まで溶けそうな気がする。

「く……咥《くわ》えてほし……あ、ああっ！」

望みはすぐに叶えられた。

深く含まれたまま、舌と歯で愛される。立ったまま、こんなにも激しい口淫《こういん》を受けるのは初めての経験だ。脚が突っ張り、筋がつりそうなほど力が入る。

「い……あ、あ……漣……イク……」

唇で強く扱《しご》かれると、もう我慢できなかった。

ビクビクと太腿を痙攣《けいれん》させながら、水樹は篠宮の口の中で達する。

「う……あぁ……、ヒ……ッ！」

「まだだよ」

篠宮は水樹の放ったものを口から手のひらに落とし、その滑りを借りて指を奥に滑らせた。

疼き続けていたそこは、最初から二本の指の侵入を許してしまう。

ぐぷりと音を立てて、指は深く沈んでいく。

「あ、あぅ……あ、ああっ……や……！」

待ちこがれていた感覚だった。

水樹よりも長い指が奥を暴き、むず痒さを鎮め、得も言われぬ快楽を生み出す。微電流にも似た悦楽が全身を甘く痺れさせ、もう立っていることができない。水樹はタイル壁につけた背中をずるずると滑らせ、その場に座り込んでしまった。

「おいで。ここは下が硬すぎる」

篠宮に導かれ、這《は》うようにして脱衣所へ出る。

棚からばさばさとタオルが落とされ、にわか仕立てではあるが色とりどりの褥《しとね》ができた。柔らかなパイル地を背中に感じ、水樹は服を脱いで覆い被《かぶ》さってきた篠宮に抱きつく。

互いの性器が擦れ合い、くちゅりといやらしい音を立てた。

「も……は、早く……」

「欲しい？」

「う……ほ、欲しい……や、やっ……指じゃ足りない……っ」

再び指を沈めようとした篠宮の手首を押さえ、いやいやをするように首を振る。乱れる水樹を見て低く笑った篠宮は「これがいいのか？」と屹立《きつりつ》の先端だけを押しつけてきた。

「あっ……！　そ、う……それ……それ、入れて……」

「そんなに欲しいなら、自分で入れてごらん」

ぐるりと体勢を入れ替えられ、水樹は篠宮を跨《また》ぐように座らせられる。この体位を得意としない水樹は恨めしげに篠宮を見つめるが、仰臥《ぎょうが》した男はただ微笑むだけだ。

「は……はぁ……んっ……」

弾む息もそのままに、腰を浮かせて狙いを定める。すでに溶けている後孔は篠宮の先端部分を難なく飲み込んだ。問題はむしろここからだった。篠宮のそれは、水樹の知る中でも最も長さがある。

「ゆっくり沈んでごらん……そう、息を吐いて……」

「ふ……くっ、あ……」

「可愛いよ水樹……怖がらないで、そう……」

篠宮に抱かれるようになり、水樹は自分の、そんなにも「奥」が性感帯になり得ると初めて知った。身体がばらばらになってしまうかのような、あまりに強い快感を生み出す場所——そこに自ら篠宮を迎え入れるのは、少し怖い。

「……も……もう、無理……んっ……」

「水樹。まだ全部じゃない」

「だって……あ、あ……」

「ほら——おいで」

「ひ……ッ！　ああ、あ、う！」

グン、と突き上げられ、反射的に身体が逃げてしまう。だが篠宮はそれを許さず、水樹の腰を両手でしっかりと押さえ込んで続けざまに下から打ち込んだ。

びりびりと脳天を貫くような、甘い刺激にのたうつ。

「あぁ！　あ、やあっ……ふ、深……うあっ」

「ちゃんと……動きなさい、水樹……ほら——」

促され、崩れそうになる身体を叱咤《しった》しながら腰を上下させる。薬によっていつもより過敏になったそこを擦られる感覚はたまらなかった。篠宮のペニスに走る、太い血管の隆起すら感じ取れそうな気がする。視線を落とすと、篠宮の熱い眼差しと目が合った。

喘ぎ続け、閉じられなくなった唇から唾液《だえき》が零れるのも構わずに、水樹は行為に耽溺《たんでき》する。

胸へと伸びてきた手に、両の乳首を摘まれれば身を捩って悶《もだ》えた。

「ここも、いいのか？」

「……あ、ああっ、ん……い、いい……っ」

「こんなに尖らせて……赤くして」

「ひっ、あ！」

強く抓《つね》られ、身体が仰け反る。すでに水樹の身体には、軽い痛みを快感へと変換するシステムが備わっていた。やめて、と訴えながら、やめて欲しくないと思っている自分がいる。篠宮はそれをよく承知しているので、なおもふたつの突起を苛《さいな》み続ける。

さんざん乳首を苛めて水樹を泣かせると、篠宮が上半身を起こす。

腰を揺らし、濡れそぼった水樹のものを硬い腹筋で刺激した。中途半端な刺激に思わず自分の手を伸ばすと「だめだ」と遮られてしまう。

「や……あ、さ、触りたい……」

「触ったらいってしまうだろう？」

「もう……い、いきたい……あ、痛……っ」

篠宮が水樹の耳たぶを噛む。歯形が残るであろうほどに強く噛んだあと、舌でゆっくりと慰《い》撫《ぶ》しながら「よく聞きなさい水樹」と囁く。

「これからは勝手にいってはいけない。私の許可なくして射精したら、ペナルティを与える」

「そ……そんなの……あ……」

無理だと思った。自分自身で制御できるものではないのだ。

「約束するんだ」

「む、無理……あ、ああ……漣……漣、動いて……」

ねだるように腰を回すが、篠宮は応えてくれない。指先で、背中に緩い愛撫を施すだけだ。

「約束するんだ、水樹」

「……あ、あ……漣……ッ」

「約束したら、動いてあげよう……おまえがいやというほど、奥を突いてあげるよ」

低い声が見えない指のように、水樹の肌を撫でていく。篠宮を飲み込んだままの奥は、時折絞るようにヒクヒクと蠢《うごめ》き、中断された蹂躙《じゅうりん》を待ち望んでいた。

「わ、わかったから……っ」

篠宮の首に縋り、水樹は降伏した。

「い、言われたとおりにするから……っ、か、身体……鎮めて……ッ」

「……いい子だ」

タオルの褥に押し倒される。心の準備をする間もなく、片脚を担がれて深く――信じられないほどに深く突き上げられ、水樹はあられもない声を上げた。

容赦のない攻め込みに、ともすれば身体が逃げそうになる。

身体じゅうを侵略され、すみずみまで暴かれ、悲しくもないのに、目の端から涙が零れる。

「水樹……すごい、な……」

篠宮の息も荒い。それが嬉しい。

強い腕。強い腰。

めちゃくちゃにされて、ばらばらになってしまいそうで——それでとてつもなく、いい。

「あっ……や、だめ、そこ、だめ……ッ」

「だめなところなんか……ない、だろう……？」

「こっ……こわれ……る……も、だめ……」

がくがくと身体が震え出す。

強ばる指を篠宮の熱い胸板に縋らせ、水樹は背をしならせた。限界が近い。

「……約束を忘れるな」

「あ、あ、イク……いき、たい……漣ッ」

「まだ、だ」

「あーッ！」

痛いほどになっている勃起の根本を強く圧迫され、水樹は煩悶《はんもん》する。

「ひッ……う、ああっ……や、だ……漣、お願……いかせ、て……」

「……そんなにいきたい？」

「あ、う、う……いきた……漣……漣ッ」

身も世もなく泣きながら、水樹は訴えた。

痛みと快楽が混ざり合い、理性も躊躇《ちゅうちょ》も粉々にしてしまう。

篠宮はしばらく動きをとめて、すすり泣く水樹の頬に触れ、指先で涙を拭った。身体をゆっくりと倒し、怖いほど優しく口づける。

「水樹……」

降り注ぐのは、胸がせつなくなるような視線。

目を見れば、わかる——自分がどれだけ愛されているか。大切にされているか。

だから水樹は言った。おそらくは、篠宮がまだ躊躇《ためら》っている言葉を自ら口にした。

「俺は……あんたの、ものだよ……?」

篠宮が瞠目する。

声にならない声が微《かす》かに水樹を呼び、噛みつくように口づけられた。舌を噛まれる息苦しさに喘ぎながら、再開された律動に水樹は身悶える。屹立を押さえていた手が外れ、マグマのような熱が出口を探して体内で渦巻いていた。

口づけが解かれ、深く身体を折り曲げられる。

呼吸すら苦しい体勢で激しく出入りする雄に、水樹はもはや言葉を紡ぐのが難しい。

「……はっ……いって、いい……? あっ、あ……イっちゃ……も……ッ」

「達《い》っていい」

荒い呼吸の中で、短い許可の言葉を得る。

「あ──あ、ああ……あぁぁ……」

震える手を自らの性器に伸ばした水樹だが、辿り着く前に身体は大波に呑み込まれた。

触れてもいないそこから、白い蜜《みつ》が迸《ほとばし》る。

一瞬、なにも聞こえなくなる。

後ろだけで達したのは初めての経験だった。いつもより長く続く絶頂感に、水樹は瀕死《ひんし》の獣のようにピクピクと震え続ける。

中途な位置で止まったままの手を、篠宮が強く握ってくれた。

霞む視界の中、色っぽく眉を寄せた篠宮が息を詰め、ぶるりと胴震いするのが見える。

自分の中に、熱い体液を感じて、そういえばゴムを使っていなかったと思い出す。いつでも準備万端な篠宮には珍しいことだった。それほど、ぎりぎりだったということなのだろうか。

だとしたら……水樹も嬉しい。

「……水樹……」

汗まみれの身体が下りてくる。脱力した身体が少し重くて、その重みが幸福だった。

愛してる。

ふたり同時に呟き、そのまましばらく脱衣所の床で何度も口づけを繰り返した。

EPILOGUE

「どのツラ下げて来てるんだよ、あんた」

「どの、と言われても……このツラだけど？　水樹のお気に入りだった可愛い童顔」

にっこり笑って言い返され、水樹は開いた口が塞がらない。

朝一番の、『石花珈琲店』――カウンターに座って微笑んでいるのは、他でもない武本倫だ。

水樹が拉致された夜から、まだたったの一週間しか経っていないというのに、堂々とコーヒーを飲みに来る図々しさは、ある意味大物かもしれない。

「別にあんたのツラなんか気に入っちゃいなかったよ。で？」

「え？」

「注文は」

「あ、ブレンドで……。ふうん、ちゃんと飲ませてくれるんだね。追い返されるかと思った」

水樹はいたって無愛想にお冷やを出しながら「客は選べないからな」と答える。

「そこに座ったら、どんな気にくわない奴でも客だ。人を拉致って強姦《ごうかん》しかけたような奴にでも、俺は最高のコーヒーを出す」

「凄いプロ意識だ」

「あんたに誉《ほ》められても嬉しくない」

店内にはまだ、他の客はいない。

スーツを纏った倫は、さすがに今までよりも年嵩《としかさ》には見えるが、それでも二十八だとは思えなかった。こんな可愛い顔をして、あれだけえげつないことをするのだから……よほど性格が歪んでいる。

腹違いの弟。

愛人の、息子。

篠宮は倫について、ほとんど知らないと話していた。倫の母親が亡くなったときに、父の代わりに葬式に訪ねたきり会っていなかったのだという。強情そうな子供で、十も年の違う兄を睨みつけるように見ていたそうだ。

――よほど悔しかったんでしょうね。

後日、有藤がぽつりと言っていた。

有藤は篠宮の秘書だった頃から、倫の動向には注意を払っていたのだ。

――学歴を調べればもの凄く優秀だったのがわかります。ゆくゆくは専務……じゃなくて店長、つまり兄と共に篠宮グループのトップに立つか、いや、もしかしたら自分が牛耳る心づもりだったかもしれません。事実、彼を後継に推す派閥もありました。ま、あの方はまったく興味がなさそうでしたが。

有藤の予想が当たっているとすれば……ある意味、篠宮は倫の目標であり、ライバルでもあったはずだ。なのに、その兄は篠宮グループから姿を消し、東京の片隅でカフェを始めたわけである。……勝手だと罵《ののし》りたくなる気持ちも、ほんの少しならばわかる。

倫は熱心な視線で水樹の手元を眺め、漂ってきた香りに鼻をひくひくさせている。

水樹はシンプルな白いカップを選ぶ。きりりとした冬の朝にふさわしく、やや強めにドリップした一杯を注ぎ、カウンターテーブルに静かに出した。

倫は無言のままカップに唇をつけ、やがてひとつ深呼吸をして「美味しい」と言った。

「ねえ水樹……うちにおいでよ。『ruffle』の倍額出すから」

「頭からコーヒーかけられたいのか？」

「どうせ『ruffle』の客は、うちにどんどん流れてくるよ。腕のいいシェフも捕まえたから、ランチのグレードもアップする。ケーキももっと美味しくなるし、店員教育にも力を入れる。『ruffle』を追い越すのは時間の問題だ」

「あり得ないね」

「どうして？」

パン、と洗った布巾《ふきん》を広げて水樹は答える。

「あんたの店は、商売だろ」

「へえ。『ruffle』は違うとでも？」

「違う。あそこは篠宮店長の王国だ。スタッフは臣下で、お客さんは国民みたいなもんだ」

怖いね、とカップを置いて倫が笑う。

「独裁政治じゃないの？　国民は王に騙《だま》されてるのさ」

「愛されてるよ。国民にも臣下にも」

「……きみにも？」

もったいぶったふうに聞かれ、あえてあっさり「もちろん」と答える。すると倫は、うっかり騙されてしまいそうな稚気の残る笑顔を見せ「なら僕の失恋は決定かあ」などと言う。

「好きな相手に薬を盛ってる限り、誰にも相手にされねえと思うけど？」

「はは。それはもっともな意見だね。肝に銘じるよ。……さて、あの男と出くわす前に退散するとしよう。ごちそうさま、素晴らしいコーヒーだった」

倫は立ち上がり、隣の席に置いていたコートを手にする。料金はぴったり、カウンターの上に置いてあった。

「また来たいけど、たぶんもう来ない」

微笑む顔に、小さなさみしさを感じたのは水樹の気のせいだろうか。

倫が扉の前に立ち、ドアバーを握った。

「――ぬるくしただろ」

唐突な水樹の問いかけに立ち止まり、肩口から上だけで振り返って倫は怪訝《けげん》な顔を見せる。

「女の子にかけた紅茶……最初からぬるく入れてあったんだろ。でなきゃ軽い火傷ですむはずがない」

　ずっと気になっていたのだ。

『ruffle』では、紅茶は必ず沸騰させたお湯を使って入れる。茶葉をよく開かせるためである。そのことはきっちり教えてあったし、原則どおりにしていれば、女の子の火傷はずっとひどかったはずなのだ。

「……べつにあの子に恨みはないからな」

　それだけ言うと、倫は肩をちょっと竦めて店を出て行く。

　リンゴン、とカウベルが鳴る。誰かを慰めるような音色で響く。

　扉が完全に閉まるまで、水樹はじっと倫の立っていた場所を見つめていた。

「どうやら本気で、きみに恋してたようですね」

　カウベルの余韻も消えた頃、カウンター奥の厨房から篠宮が出てきた。実は篠宮がいたことを知ったら、倫はどんな顔をしただろうか。

「だからと言って、あんな真似《まね》をしていい理由にはなりませんが」

「……あのさ」

「はい？」

　水樹はずっとひっかかっていた疑問を口にする。

「どうして俺に、言わなかったの？　指導担当を変えるって言い出した時には、もうあいつの正体わかってたんだろ？　義理の弟で、『manor house』のスパイなんだって言えば……」

「そうですね」

背後からそっと水樹を抱いて、篠宮が答える。

「言うべきだったと、今は思います。そうしていれば、きみがあんな目に遭わずにすんだのに……でもあの時の私は、怖かったんですよ」

「俺が……あいつに騙されたと知って、ショックを受けるのが？」

「ええ」

「……俺、そんなに柔じゃねーよ」

「はい。私が臆病だったんです。反省しています。私も困っているんですよ。きみに関することだと……すべて臆病になってしまう」

篠宮の鼻先が首筋に埋まり、少し擽《くすぐ》ったい。

もっと早く言って欲しかった——そう思うのは本当だ。ちゃんと相談されれば、水樹はつらい現実でも受け入れるよう努力したはずだった。けれど、自分のために隠し続けようとした篠宮の気持ちを嬉しくも思う。傷つけまいと思ってくれる心を、愛《いと》しいと思う。

「倫に会ってはいけませんよ？」

嫉妬深い恋人の腕が強まる。

「あいつがここに入ってきたときには、もう二、三発殴りたい気もしましたが……まあ、失恋を自覚したならよしとしましょう」

「とりあえず見た目は紳士なんだからさ……あんま乱暴なことはやめときなよ」

「中身も紳士ですよ。ベッドでは豹変《ひょうへん》しますが」

頰にちゅっとキスされて、水樹は身体を捩った。

「こらっ。なにしてんだよっ！　あんたは『ruffle』に行かなきゃだめだろ！」

「有藤が帰ってきてるんだから、問題な……」

言ってるそばから、篠宮のポケットの中でメールの着信音が鳴る。言わずもがな、有藤からだ。渋い顔で開いた液晶には『疾《と》く』と実にシンプルな一言があった。

「やれやれ、戻るとしますか……」

「それがいいと思うね。あんまさぼってると、マジで『manor house』に潰《つぶ》されるぜ」

「心配はご無用ですよ。ちゃんと共存します」

え、と水樹は篠宮を見る。

「共存すんの？　あっちを潰すって言い出すかと思ってた」

「私は平和主義者ですから。それに、喫煙者にも行けるカフェも必要でしょう？」

「弟はどうすんの」

「会わねーよ」

「どうもしません。彼は彼のすべき仕事をする。私は私の仕事をする。ただし、次にきみに手出しをしたら……バールです」

「ハハ。危険なヤツ」

笑い出した水樹の髪を、優しい指先が何度も撫でる。昨日もさんざん抱き合ったというのに、この男はいつまでたっても水樹に飽きるということを知らない。

「ほら、早く行かないと叱《しか》られるぞ」

「きみは四時入りでしたね？　ではのちほど、私の王国で会いましょう。その前に、もう一度だけ……」

引き寄せられ、唇を奪われる。

「篠……んっ……」

篠宮の唇からは、さっきまで飲んでいたコーヒーの香りがした。客が来たらどうするんだと思う一方で、甘い抱擁と想いの籠もった口づけに、ついうっとりしてしまう。

そんな自分に呆れつつも、水樹は温かな背中に腕を回した。

今だけは、しばらくカウベルが鳴らないようにと祈りながら。

ruffles

あとがき

みなさまこんにちは、榎田尤利《えだゆうり》です。

のんびりペースで進んでいる藤井沢《ふじいさわ》商店街シリーズも三作目となりました。毎回、どんなお店や職業を題材にしようかなあと楽しく迷っているのですが、今回はカフェの登場です。しかも、紳士なのにSっ気たっぷりのオーナー店長つきでございます。この篠宮《しのみや》店長、もとは大企業の御曹司ですから、資金力にモノを言わせて自分の理想のカフェを作ってしまいました。

実のところ、篠宮の店舗はかなり私の理想を反映しております。

適度な広さ、メニューの充実、屋外席があり、完全禁煙、笑顔の可愛い働き者のギャルソンたち……ああ、すてき。特に作中のランチメニューは、私が食べたいものをそのまま書いてしまいました（笑）。深夜の原稿中でお腹が空いていたのです。

さらに理想を細かく言えば、座り心地のよい椅子、原稿を広げてなお余裕のあるぐらつかないテーブル、フレッシュハーブティーが飲め、デカフェが用意してあり、トイレが清潔で狭苦しくない！　こんなカフェが近所にあったら毎日通っちゃいます。

現在私が住んでいるごく普通の住宅街では、まだすてきカフェには出会えていませんが、原付バイクでちょっと行くと自由が丘《じゆうおか》に出られます。

自由が丘はカフェの多い街です。私も著者校正やプロットノートを持ち、うろうろとカフェ梯子をすることもしばしば。カフェイン断ちをしているので、コーヒーや緑茶は飲めないのですが、最近はハーブティーを出しているカフェが多いので助かります。平日の静かなカフェは私の大切な場所となっています。

今回イラストでは、宮本佳野《みやもとかの》先生にお力添えをいただきました。可愛い水樹《みずき》や、一癖ありそうですてきな篠宮をありがとうございました。また、担当氏をはじめ、本作にご協力くださいました多くの皆様にも、この場をお借りして御礼申し上げます。

そしてなにより、この作品を手にとってくださいました読者のみなさまに、心からの感謝を捧げます。私の紡ぐ物語はすべて、みなさまのために存在しているのです。ご感想など、いつでも心待ちにいたしております。

さて、当シリーズは、毎回イラストレーター様を変え、ひとつひとつが独立したお話になっております。どこから読んいただいても大丈夫。既刊の『ゆっくり走ろう』(自動車ディーラーさん)『歯科医の憂鬱』(歯医者さんと鈑金屋さん)も、よろしくお願いいたします。

では次もまた、この商店街でお会いできますように。

それまでみなさま、お元気でお過ごしくださいませ。

２００６年　まだクーラーをかけずに頑張る七月　榎田尤利　拝

この本を読んでのご意見、ご感想を編集部までお寄せください。

《あて先》〒105-8055　東京都港区芝大門2-2-1　徳間書店　キャラ編集部気付
「ギャルソンの躾け方」係

■初出一覧
ギャルソンの躾け方……小説Chara vol.13(2006年1月号増刊)
ギャルソンの騙し方……書き下ろし

2006年8月31日　初刷

著　者　榎田尤利
発行者　市川英子
発行所　株式会社徳間書店
〒105-8055　東京都港区芝大門2-2-1
電話03-5403-4324(販売管理部)
03-5403-4348(編集部)
振替00140-0-44392

Chara
ギャルソンの躾け方……【キャラ文庫】

印刷・製本　図書印刷株式会社
カバー・口絵　近代美術株式会社
デザイン　海老原秀幸
編集協力　三枝あ希子

ISBN4-19-900404-1

好評発売中

榎田尤利の本

【ゆっくり走ろう】

イラスト◆やまかみ梨由

「経営改善に来たのに、車を売ってこい!?　しかも期限はたった二週間!!」自動車メーカーに勤める里見《さとみ》は営業指導のため、郊外の販売店《ディーラー》に出向。けれど反発を買って、周囲から激しく浮いてしまう。無理難題を押しつけられた里見の唯一の味方は、関東圏でトップの販売成績を誇る営業マンの立浪《たつなみ》。彼の笑顔に癒されて、惹かれ始めた里見だけれど…。アダルト・ワーキングLOVE。

キャラ文庫最新刊

王朝綺羅星如ロマンセ　王朝ロマンセ外伝3

秋月こお

イラスト◆唯月 一

千寿《せんじゅ》の高貴な身分を巡って浮き足立つ貴族達。そんな折、従者のアシカビが宮中でトラブルを起こしてしまい…!?

ギャルソンの躾け方

榎田尤利

イラスト◆宮本佳野

憧れのカフェを開店した大財閥の御曹司・篠宮《しのみや》。ネルドリップの名手・水樹《みずき》を探し当て店に引き入れようとするが？

恋愛高度は急上昇

剛しいら

イラスト◆亜樹良のりかず

美貌のCA・花邑《はなむら》は、特別航空警察隊から派遣された鴻嶋《こうじま》にひと目ぼれ。VIP客の対応のため鴻嶋と組むが!?

くるぶしに秘密の鎖　くちびるに銀の弾丸2

秀香穂里

イラスト◆祭河ななを

ゲームソフトのヒットメーカー・水嶋《みずしま》。新作の製作チームには、恋人・澤村《さわむら》のほかに自分の元カレもいて…!?

8月新刊のお知らせ

英田サキ［DEADLOCK《デッドロック》］cut／高階 佑

洸［黒猫はキスが好き］cut／汞りょう

榊花月［不器用な支持率(仮)］cut／北畠あけ乃

水壬楓子［桜姫②(仮)］cut／長門サイチ

お楽しみに♡

9月27日(水)発売予定